事实

Philip Roth

The Facts

A Novelist's Autobiography

[美] 菲利普 · 罗斯——著　　毛俊杰——译

上海译文出版社

献给我六十岁的哥哥

他在讲话，我却在思考那些由人生演变成的故事，以及由故事演变成的人生。

——内森·祖克曼，《反生活》

目　录

亲爱的祖克曼：

你知道，在过去，相关事实始终是我笔记本中的随手记录，也是我小说创作的必由之路。对我来说，或对大多数小说家来说，每一个真正富有想象力的事件，无不起源于具体的事实，而与哲学、意识形态、抽象的东西无关。然而，出乎自己的意料，我现在似乎要写一本绝对是本末倒置的书。要拿起冥思苦想之后定了型的东西，榨干其中添加的水分，再让体验重新回到虚构前的原始真实。为什么？为了证明我这个自传写作者，明显不同于人们所想象的？为了证明我从生活中汲取的信息，即我小说所呈现的，是残缺不全的？如真是这样，我不会自找麻烦；因为细心的读者如有足够兴趣，满可自己找到答案。没人吁求这样一本书，也没人下令，更没人上门来向罗斯索取。假如真有这样的命令，早在三十年前就已颁布了；其时，我的某些犹太长老质问，究竟是哪个小子写出这样的文章。

恰恰相反，它的诞生似乎出于另类的必要，给你看这份手稿——就是否应该付梓征求你的意见——就是促使自己作出解释，到底是什么导致我以这样的散文体来毫无掩饰地袒露自己。迄今为止，除了其他的用途，我过往的经历一直被当作转型和巧妙解说自己人生的基础。我在非想象的世界中，基本上从不向严肃的听众赤裸裸地宣扬自己的私人生活（或扮演一名强加于人的电视人物），时至今日却在众人面前呈现转型之前的自我，那是为什么？自我暴露的钟摆两端，一端是梅勒型的积极暴露，另一端是塞林格型的与世隔绝，我占的位置居中。在公共场合中，我既抵制无端的窥探或自我梳妆，又不在保密和隔离上故作神秘。事到如今，为何又追求起履历的知名度？况且，我受到的教育让我确信，小说的独立现实才是唯一重要的，作家应该躲在幕后。

好吧，让我开始回答——此时此地，我计划中的自我暴露，其主要对象还是我自己。你已年过五十岁，亟需面对自己；数月前，它就发生在我身上。其时，我身陷无奈的混乱，再也无法弄懂曾是显而易见的东西。我为何从事如此行当？为何选择如此居所？为何与如此人士分享生活？我的办公桌已变成一个可怕且陌生的所在。我生命的早期曾有过类似的危机，当老方法不再奏效——无论是针对大家都要面对的日常生活中的实际问题，还是专业性的写作问题——我就会下定决心，全力以赴，去投入人生的重建。但这次不同，我开始相信自己已无法东山再起，非但觉察不到重塑的可能，反而觉得正在一步步走向分崩离析。

我在叙述一次精神崩溃，没有必要在此详述细节，但我会告诉你，那是在一九八七年的春天，即我十年创作生涯的巅峰时期。原来的一个小手术演变成了一场持久的体力考验，遂又引发极度的抑郁，在情绪和精神上将我推到崩溃的边缘。在崩溃后的冥想期间，随着疾病的缓解，思路重返清晰，我开始不由自主地聚集几乎所有的清醒时辰，来关注自己身处数十年的世界——回忆自己的出身和现状的起源。宛如你丢失了什么东西，就会说，“好吧，让我们回忆一下已发生的每一步骤。我走进屋子，脱掉衣服，来到厨房”等等。为了找回丢失的，不得不返回开初的那一瞬间。但我找不到那一瞬间，只找到一系列的瞬间，好比一部包含多种起源的历史。那就是我现在记录下的，为了重新占有人生。正如我所说的，以前我只是在寻找可获转型的，从未像现在这样，竟在测绘自己人生的点点滴滴。为了返回先前的生活，找回活力，让自己成为真正的自己，我开始让经历回复到它转型之前。

也许我想蜕变成的，甚至不是真正的自己，而是在上大学之前的那个小男孩，或是在操场上与邻里伙伴玩耍的那个小男孩——即返回原点。几近崩溃的我，又满怀感激地投入普通生活，那是一段最平淡无奇的生活。我猜，我是想返回一个再出发的起点，一个较为普通的罗斯的起点。同时，我又想重历那些使人定型的遭遇，回味那些最初的斗争，走进那个斗志昂扬的时刻。在那个时刻，我想象力狂躁的一面狂飙突起，我因此而变成自己的作家。我回到原点，并不想寻觅素材，只是为了出发，再出发——燃料已经耗尽，现在回来是为了嗜饮有魔力的血液。你祖克曼，在《反生活》中通过英国妻子获得新生；你的兄弟亨利，与西岸激进主义者一起在以色列追求新生。你俩在这同一本书中都奇迹般地死里逃生。理所当然的，我像你们一样也应获得新的机遇。我忙于写作时，可能看不清自己到底要什么，现在则恍然大悟。这份手稿体现了我的反生活，是我所有小说的解药和答案，有关你的小说则是其中的高潮。如果说《反生活》可被理解为有关结构的小说，那么这份手稿便是一副光秃秃的骨架，即人生的结构，不带任何的小说成分。

事实上，那两部关于你的篇幅略长的小说，我已足足写了十多年，这可能就是原因所在。对自己生活作进一步的虚构已让我颇感厌倦。我将一名与自己经历相仿的角色，软磨硬泡地引入这个世界；所不同的是，他魅力更大，经历更加活力四射，更加充满乐趣……在这段时间，我则很大程度上都是独自一人，躲在房间里与打字机做伴，毫无乐趣可言。我自己设定的规则——必须想象出某些情节，让它们发生在犹如我的投影或代理人身上；那些情节——既不是发生在自己身上，也不是从没发生，更不是绝不可能发生——已把我耗尽。如果说这份手稿传达了什么，那就是，我已筋疲力尽于面具、伪装、扭曲和谎言。

当然，即使没有几近崩溃以及由之而起的自我审视，此时此刻，我仍发现自己已经无法挥动鞭子，操纵事实，从而使现实生活变得精彩感人。我颠覆，美化，重组，渲染有关的经历，使之转化为一种神话——三十年之后，即使处于最理想的情形之中，我似乎已经受够了。去神话化，实事求是，让身历的事实与陈述的事实并排陈列，好像是顺理成章的下一步——即使不是我唯一可做的事。此外，我自觉转型的能力和相关的想象力仍处于崩溃的边缘。我几近崩溃的其余功能，也在直觉地告诉我，只保留作品中朴实无华的独特，是补救我损失的必由之路。它是我复原的手段和坚强起来的途径，甚至容不得我的自由选择。我需要尽可能多的澄清——去神话化，以帮助铲除我的病态。

这并不表示，我无须抗拒如此的冲动，即让不够戏剧化的东西戏剧化，让基本上简单的东西复杂化，让很少暗示的东西变得寓意深长——我如能硬下心肠，克服小说家的精神疲劳，还会联想到另一种诱惑，即一旦事实不引人注目，便索性抛弃这些事实。几近崩溃之前的几乎每一天，在我看来，有些事非做不可；现在要从中逃脱，总的来说，比我想象中的更为容易。一是采用非虚构的态度，既不引人注目，又不凶相毕露；二是给内心的火炉鼓风，设法从经历中冶炼出更多故事。两者相比，或许前者更能使我走近真情实感。我既不想争辩，有一种存在只能在小说中找到，在真实生活中却是不存在的；也不想争辩恰恰颠倒过来的情形。我只想简单指出，存在这样一本书，不含想象的愤怒，忠实于提炼出来的事实，就可以解读在小说中遭到混淆、夸大、扭曲的真谛，还可以击中相关的感情要害。

我承认，这封信中所用的“事实”二字只是它的理想形式，比它在标题中的意思更为单纯专一。很明显，事实从不自行走到你的身边，它的组合全靠你自身经历所养成的想象力。对过去的回忆并非对事实的回忆，而是对你想象中的事实的回忆。像我这样的小说家谈到，要展示“毫不掩饰”的自己，要描述“没有虚构的生活”，其中未免有天真的成分。我曾宣称，搜索事实对我来说可能是一种治疗过程；这招致了读者过分简单的理解，却不是我喜欢的初衷。你搜索过去，因为头脑中存有一定的疑问——哪些事件导致你产生这些具体的疑问。这并不表示，你在自传中让你的思想从属于事实；而是表示，你构建一系列故事，以一条颇有说服力的假设将相关事实串在一起，以揭示你个人履历的意义。我想，给这本书冠名为《事实》已引出这么多疑问，改之为《征求疑问》岂不更令人啼笑皆非。

最后一个看法与促使《事实》一书出版的苦衷有关；这之后，你便可不受干扰，继续你的阅读了。我不敢完全肯定，只在私下思忖，写出本书是否因为，我不仅疲于制造那些虚构的自我传奇，不仅视之为自己几近崩溃的自发治疗，而且把它当作一种慰藉，因为在我心中，母亲似乎死得莫名其妙——在一九八一年她七十七岁时，甚至把它当作一种激励，让自己鼓起勇气走近八十六岁的老父亲。他知道生命的尽头已在迫近自己的脸庞，犹如他用来刮胡子的镜子（不同的是，不管白天黑夜，在他眼前的死亡之镜是永不消失的）。尽管在别人眼中不甚明显，但我认为，母亲的过世在大家的潜意识中产生了巨大的影响。我观察到，省吃俭用、卓有远虑的父亲都不愿作长期规划了。他虽然健康，但已龙钟老迈，因染上不治之症而心绪不宁。像其他身患绝症的人一样，老人知道关于死亡的一切，只是不知它前来叩门的时间。

我不知道，一名五十五岁男子对父母的渴望因自己的几近崩溃而获得爆发，能否成为这份手稿的罗塞塔石碑[①]。我也不知道，当本书叙述的事件发生时，我们大家都还在场，没人离世或濒临一去不复返的边缘，这算不算是一种安慰？尤其是现在，我仍在试图恢复自己的精神平衡。我更不知道，重回过去那一刻，是否让我颇获安慰？因为在当时，因父母过世而激起的悲伤是无法想象、出乎意料、毋庸讨论的；而自己的死亡更是不可思议的，因为父母像是在小孩周围设立了一个保护圈。

---

① Rosetta Stone，古埃及石碑，碑文用两种语言和三种文字体系——象形文字、通俗文字（埃及象形文字的草写体）和希腊文字——雕刻而成，为解读古埃及象形文字提供了线索。现存于大英博物馆。

我想，这差不多就是我写本书的全部理由。现在的问题是，除了我自己，为何还要让他人来阅读？尤其是我承认，他们已在其他地方获悉不少同样的信息，只是以不同的名义；尤其是我认为，一部分是由于这一次努力，我再一次与自己的目标珠联璧合，重新投入生活；尤其是本书似乎是我第一次在不知不觉中写成，听起来又像是二十五岁年轻人的声音，不像是专门叙述你行状的作者的口吻；尤其是本书出版后，会让我感到赤身露体，我并不特别希望如此抛头露面。

此外，还有暴露他人的问题。我在写作时向大家坦承自己的私密情感，因此愈感忸怩不安。我回过头去，修改了与我交往人士的真名实姓，以及几个可作识别的细节。这并不表示，我的修改可以保证完全的匿名（在他们的和我的朋友眼中，这些修改无济于事），但至少可提供点滴的保护，以躲避陌生人的骚扰。

除了这些给出版带来麻烦的考虑，我还有更大的疑问：这本书到底好在哪儿？不过，我在此无可奉告。因为对我来说，《事实》的意义比显而易见的更为深刻；还因为在我先前的创作中，你、波特诺伊、塔诺波尔、凯普什极大地激发了我的想象力。

保持坦率。

真诚的，

罗斯

序　幕

一九四四年十月下旬的一个下午，我惊讶地发现父亲独自一人坐在厨房小桌旁。他一天的工作时间通常开始于早上七点，晚上下班往往要拖至十点。那天他突然要去医院割阑尾，收拾好了一只包裹在等哥哥桑迪和我放学，叫我们不必惊慌。他向我们保证“没事的”。我们清楚，早在一九二〇年代，他的两个兄弟都死于阑尾切除术的并发症。那一年，母亲是我们学校家长教师联谊会的主席，正好在大西洋城过夜，为了参加全州范围的家长教师联谊大会，这颇不寻常。在父亲打电话到酒店告知她后，她立即准备回家。我相信，一切都会回归正常。妈妈的治家才干可与《鲁滨逊漂流记》的主角相提并论；她护理我们战胜所有的疾病，即使在弗洛伦丝·南丁格尔那里，我们也得不到更好的照料。事事都会在妥善的掌握之中，那就是我家当时的惯常状态。

那天晚上，当她的火车缓缓驶进纽瓦克车站时，外科医生已打开父亲的腹腔，看到的情形一塌糊涂，开始为他的康复感到绝望。他才四十三岁，就上了病危名单，存活率低于百分之五十。

只有大人才知道当时情形有多糟糕。我和桑迪被允许继续相信，父亲是坚不可摧的——结果，我们的信念还真灵验。尽管父亲多情善感，极易陷入顽固的忧虑，但他的人生标记仍是他东山再起的毅力。我亲密相知的人士中——除了哥哥和我自己——真还没人能比得上他。他情绪的跌宕起伏，幅度既大，速度又快；他对各种事物认真在乎；遇上严重的挫折，坦然地承受折磨；等挫败感渐渐平息下来，他又积极攀爬回去，收复失地，再次向前。

他因新近问世的磺胺粉剂而获救，该药开发于第二次世界大战早期，用来救治战场上的伤兵。无论如何，幸存的过程仍是一段可怕的考验。近乎致命的腹膜炎令他非常衰弱，一连十天的打嗝更是雪上加霜。那段时间他无法入睡或进食，体重掉了近三十磅。在我们的眼中，他皱缩的脸庞简直就是我们老祖母的拷贝。他和兄弟们都崇拜自己的母亲（对父亲——一名话不多、专断、冷漠的新移民，在老家加利西亚时学做拉比，来美国后一直在帽厂工作——则怀抱比较复杂的感情）。伯莎·罗斯是一名简单善良的乡村女子，既不郁郁寡欢，也不牢骚满腹。但她日常的面部表情显示，她对安逸的生活从不抱任何幻想。父亲的长相与祖母的神似，这点要到他八十多岁时，才再一次诡异地呈现出来。其时，他陷入了一场生死博弈。这位体格尚算健康的老人，外表上的坚不可摧已被剥夺，只剩下一脸茫然。他的视力问题或行走困难，严重损害了他独立自主的能力。但更主要的是，他突然发现自己不再拥有意志力；在过去，意志力一直是帮他排忧解难的卓越助手。

他在纽瓦克的贝斯·以色列医院足足躺了六个星期，出院坐车回家后，尽管有我们的搀扶，却几乎无力爬上我们二楼公寓并不太高的后梯。那是一九四四年十二月，一个寒冷的冬天。透过窗户的阳光照亮了父母的卧室，桑迪和我进来问候，既害羞又心存感激，为他的无助感到震惊。他有气无力地坐在角落里一把孤独的椅子上，看到我俩时再也无法自控，开始抽泣。他还活着，阳光明媚，他的妻子不是寡妇，他的儿子仍有父亲——家庭生活可以重新开始。一个十一岁小男孩无法理解父亲的眼泪，这一点都不复杂。他心里非常清楚，但我当时实在看不透，难道还会有不同的结果吗？

我知道，在我们的街坊中，只有两个男孩的家里少了父亲。在我眼中，他们的不幸不亚于当时的一名盲人女同学。她曾来我们学校一段时间，全靠他人的朗读和引路。没有父亲的男孩似乎与众不同，在他们的父亲去世后，他们留给我的印象有点可怕，甚至带点禁忌。其中一个是模范服从者，另一个是麻烦制造者。他们所做的一切，似乎都与他们父亲已经死去的事实有关。这种想法尽管天真，但很有可能是正确的。

我不知道街坊中有离婚家庭的孩子。除了在电影杂志和小报的头条新闻中，离婚是不存在的，肯定不会出现在像我们这样的犹太人中间。犹太人不离婚——不是因为犹太法律禁止离婚，而是因为这是犹太人的生活方式。没有犹太父亲喝醉回家，殴打自己的妻子——在我看来，我们的街坊就是犹太人的街坊，从没听闻此类逸事——也是因为这是犹太人的生活方式。在我们的意识中，犹太家庭是不容侵犯的避风港，它对抗一切威胁，不管是个人孤立，还是非犹太人的敌意。它被认作是一个牢不可破的团结堡垒，无论有多少内部的摩擦和冲突。听吧，以色列，家庭就是上帝，家庭就是一个整体。

不可分割的家庭是第一条诫命。

在一九四〇年代后期，当父亲的弟弟伯尼宣布，打算与育有两个女儿、相处近二十年的妻子离婚时，母亲和父亲都惊呆了，仿佛听到他犯了命案。伯尼如果真的杀了人，被关进监狱，尽管这是可憎和费解的罪行，但父母仍可团结在他的背后。但是，当他打定主意，不仅要离婚，还要去娶一名更为年轻的女子，他们的支持马上倒向“受害者”，即弟媳妇和侄女们。由于他的罪过，即违信于自己的妻子、孩子、家族——抛弃他作为犹太人和罗斯家族一员的职责——伯尼受到几乎一致的谴责。

时过境迁，离婚并没摧毁任何一个人，家庭的分裂才得以慢慢愈合。事实上，伯尼的前妻和两个女儿，虽因家庭解体而忍受痛苦，却从没像其他亲戚那样地愤愤不平。很大程度上，愈合的成功归功于伯尼本人，他比审判他的大多数亲戚更善于外交。另外一个原因是，对父亲来说，家庭团结的必需和家庭历史的纽带，战胜了他喜欢劝诫他人的本能。不过要到四十多年后，两兄弟才张臂拥抱，以一个明确无误的行为，来昭示他们无条件的和解。这发生在伯尼去世的数星期前，他已七十多岁，心脏急速衰竭，没人指望他能活多久，包括他自己。

我开车带父亲去看伯尼和他的妻子露丝，他们的公寓坐落在康涅狄格州西北部的一个退休村，离我家二十英里。这一次轮到伯尼换上他那坚忍老母亲的小脸开门让我们进来时，他的容貌就呈现出这一神似。一遇到这样的困难时刻，它似乎会在所有罗斯兄弟的脸上出现。

通常，两个男人见面时握个手就行了。但当父亲步入走廊，大家一下子变得心知肚明：伯尼的时间不多了，几十年的分隔追溯到最初，那时两人都还是父母膝下的小兄弟。于是，握手被有力的拥抱替代，持续整整几分钟，两人都热泪盈眶。他们似乎在说再见，跟已经过世的人，也跟对方。他们是严厉的制帽匠森德和冷静的伯莎幸存下来的最后两个孩子。伯尼安稳地靠在哥哥怀里，似乎也在向自己告别，没有丁点的防范、抵抗、反感，甚至没有回忆。兄弟俩之间尽管有差异，但都深切感受到同样的亲情煎熬；所忆起的一切都是沉淀下来的纯真性情，简直叫人难以承受。

父亲回到车上说："上一次这样拥抱，我俩还只是小男孩。我的弟弟快死了，菲利普。他坐在婴儿车里，我曾推着他到处闲逛。我母亲和父亲共养育了九个孩子，我将是最后一个。"

在开车回到我家（他就睡在我家楼上的后卧室，声称每次都能像婴儿一样倒头就睡）的途中，他重述了他五个兄弟坎坷的人生——破产、疾病、亲家争执、婚姻纠纷、不良贷款、子女麻烦，他们的高纳里尔、里根、考狄利娅①。他还忆起他唯一的妹妹的殉难，以及她和所有亲戚所承受的苦楚，她的簿记员丈夫喜欢赛马，因贪污坐牢。

我并非第一次听到这样的故事。他的知识的表达形式就是叙事，但他的叙事内容从不丰富：家庭、家庭、家庭，纽瓦克、纽瓦克、纽瓦克，犹太人、犹太人、犹太人，有点像我自己的

---

① 莎士比亚悲剧《李尔王》中国王的三个女儿。

叙事。

作为一个孩子时，我曾天真地认为，我永远有一个父亲，现实似乎证实了这一点。我们有时相处得尴尬，很容易发生分歧和误解，虽有不同的人生经历，却有同样的不耐烦和任性，相互碰撞，徒增紧张，外加男人的笨拙。尽管如此，我与他的联系仍无所不在。更重要的是，现在，他不再以鼓起的肱二头肌和道德约束来攫取我的注意力，也不再是我必须抗衡的庞然大物——我自己也在渐渐步入老境——我变得能够享受他的笑话，握着他的手，关心他的健康，以自己十六、十七、十八岁时所憧憬的方式来爱他。当年，既要与他打交道，又觉得抵牾迭起，这种形式的爱是不可能的。由于他所承受的特殊负担，以及他在无法自选的制度中的挣扎，我对他素来怀揣尊敬。在我这样的家庭中长大，犹太男孩需要扮演一个神话角色——成为父亲未能成为的英雄人物——我可能已获成功，只是没有通过预定的途径。我远离家人将近四十年，现已做好准备，极欲充当一名最有爱心的儿子。然而，他却拾起了另一日程，就是为死做准备。他嘴上不说，可能也不作此类的思考，但这就是他眼前的工作。他会尽量求生，但一如既往的，很清楚什么才是自己真正的工作。

为死做准备不同于尝试自杀——事实上可能更难，因为你在试图做的，却是自己最不希望发生的。你惧怕它，它又客观存在。这份工作必须完成，没人帮忙，全凭自己。过去几年中，他已有两次在鬼门关外徘徊，突然在两个不同的场合病得很重。我当时一年中有一半时间住在国外，赶紧飞回美国，发现他如果没有椅子的支撑，几乎无力从沙发那儿走到电视机前。医生每次为他做细致的检查，都找不出病因，他仍旧每天晚上上床，做好第二天早晨再也醒不过来的准备；醒来之后又需要足足十五分钟，让自己在床沿上坐起来；接下来的剃须和穿衣，还得花费整整一个小时；然后，天晓得是多久，他伛偻着坐在一碗麦片粥面前，一动也不动，全无食欲。

我和他都认为，这可能就是他生命的终点，结果他却没死成。经过数星期，他得以恢复体力，再次成为早先的自己，厌恶里根总统，维护以色列，打电话给亲戚，参加葬礼，写信给报纸，咒骂威廉·巴克利[1]，观看《麦克尼尔·莱勒》[2]，告诫已成年的孙子，巨细无遗地回忆离世的亲人，正确无情地——全是自告奋勇的——监督善良的同居女子的热量摄入。尽管有社会地位和教育水平的欠缺，他曾在保险业取得显著的成功；相比之下，现在尝试死去，似乎要付出更大的努力。当然，他最终也会成功——尽管对分配在自己名下的每一份工作都尽职尽责，但很明

① William Buckley（1925—2008），美国保守主义政治评论家。
② *MacNeil-Lehrer*，美国公共电视台的著名新闻谈话节目。

显，事情并不那么简单。不过，他的遭遇从来都不简单。

毋庸置疑，我与父亲的联系，从不像我与母亲的纽带那样有形、能带来身体上的愉悦。她的身躯已化成一件光滑的黑色海豹皮外套，而幸福地钻进这外套取暖的，就是我这个最年幼、享有特权、受到溺爱的小男孩。那是一个冬天的星期日——我们每半年去一次曼哈顿的无线电城音乐厅和唐人街，父亲正开车把我们送回新泽西的家。我好比一头无以名状的小动物，冠上了已逝外祖父的名字；又好比仍处原生状态的小男孩自身，正在学习如何掘穴藏身；通过每一根神经末梢，与母亲的微笑和海豹皮外套相连。而父亲彻底的尽责、不懈的勤奋、不通情理的固执、苛刻的怨恨、幻想、无辜、忠诚、恐惧，也都是我的原型，让我成为今日的美国人、犹太人、公民、男人，甚至作家。活着本身就是以她的菲利普活着；但在与动荡世界的碰撞中，我的历史仍要以他的罗斯开始。

安全的家园

在我的成长过程中，最大的威胁来自海外，即我们的敌人德国人和日本人，因为我们是美国人。我还记得九岁时的恐惧，放学后在街上玩耍，跑步回家时却在门道中看到晚报的通栏大标题《科雷希多岛失守》，方意识到美国真有可能输掉数月前刚加入的世界大战。国内的最大威胁来自那些反对或抵制我们的美国人——或瞧不起我们，或严格排挤我们，因为我们是犹太人。我知道，我们是被容忍和接受的——在公开的个案中甚至获得特别的尊敬——我从不怀疑，这个国家是我的（新泽西和纽瓦克也是我的），但也非常清楚来自非犹太人最高层和最底层的威胁。

最高层的是那些非犹太人主管，掌管父亲供职的大都会人寿保险公司，其办公室设在麦迪逊大道一号（我知道的第一个曼哈顿地址）的公司总部。当我还是小男孩时，三十岁出头的父亲成了公司新上任的代理人，每周工作六天，外加大多数的傍晚。他感谢这份工作提供的中等稳定的生活保障，哪怕是在大萧条时期。数年前，他与母亲婚后开的家庭鞋店破了产。之后，他不得不打各式散工，报酬低微，没有前途。他曾得意地向儿子解释，大都会是“世界上最大的金融机构”；作为代理人，他向大都会的投保人提供一把“大雨伞，以备不时之需”。公司推出几十种宣传手册，向保户推介有关健康和疾病的常识教育，我曾从它接待室的信息架上收集到一整套。其时，每逢周六早晨，父亲带我去狭窄街道的纽瓦克市中心，那里有大都会的埃塞克斯地区办公室，几乎占了商业楼的全层。我在阅读“肺结核、妊娠、糖尿病”，父亲则在忙他的分账登记和书面工作。我有时洋洋得意地坐在他办公桌后的转椅上，在大都会的信笺上练习书法；信笺的一角有父亲的名字，另一角有大都会的总部大楼，顶端是灯标，他借用大都会的官方措辞为我解释：那是一座从不熄灭的灯标。

我家挂在走廊电话桌上方的是一幅装框的《独立宣言》副本，由大都会颁发给当年在地区办公室中业绩斐然的代理人。我开始上学时，每天经过都会看到，便在心里将签署这份珍贵文件、追求平等的伟人，与麦迪逊大道一号的公司主管连在一起。后者是我家的恩人，凑巧的是，其时大都会的总裁也叫林肯。不止于此，当父亲时来运转开始拜访总部时，接待他的是代理人主管赖特先生。他的真知灼见，父亲一生都非常重视；他的身高、英俊、随和，父亲向来钦佩不已。作为父亲的儿子，我对那些有头有脸的非犹太人的恭敬，绝不低于父亲。但我又像他一样明白，正好又是这些主管，在这世界上最大的金融机构内公开无忌地密谋，仅让几个做样子的犹太人攀升至相对重要的职位。

父亲非常推崇自己区的犹太经理山姆·彼得弗洛伊恩德，其中一个原因——除了他早早察觉父亲的勤快，提拔父亲为经理助理，从而激发父亲的奉献以外——就是大都会公司极不情愿让犹太人升得太高，但彼得弗洛伊恩德脱颖而出，而且是在一个业绩这么优秀的大区。他偶尔来我家就餐，我和哥哥就会从走廊的壁橱里取出绿色毛毡，铺在餐厅桌子上，再摆上新洗的亚麻台布、亚麻餐巾、高脚水杯，然后在餐厅与大家一起享用“美味佳肴”。餐厅的墙上挂着一幅插花的大型油画，是我舅舅米奇从卢浮宫精心复制而成的。餐厅的橱柜上摆着两位先人的摄影肖像，分别是外祖父菲利普和伯伯米尔顿，他们的名字加在一起便是我的名字。只有在宗教节日、特殊家庭聚会、彼得弗洛伊恩德先生来访时，我们才在餐厅进餐——我们一直尊称他为彼得弗洛伊恩德先生，甚至在他缺席的情况下。父亲当面称他为“老板”，“想要一份饮料吗，老板?”晚餐前，我们坐得颇不自然，身处自己的客厅，反而像是在做客。彼得弗洛伊恩德先生抿一口杜松子酒，我得到鼓励，在旁聆听他的智慧。他在我们心中激起的尊重其实是一份致敬，因为他是获得非犹太人认可的犹太人，掌管着大都会一个大办公室；又因为他是父亲的顶头上司，掌控父亲的职业前途和我家的命运。他身材魁梧，光头，背心上挂一条金链子，一口略带神秘的德国口音。他的家人住在（我想象是奢华的）纽约（另外还有长岛的居所），他在上班期间单独睡在纽瓦克酒店（在我看来同样奢华）。这位老板就是我们眼中的伯纳德·巴鲁克[①]。

比公司歧视更为可怕的威胁来自非犹太人的最底层，即少年的流氓帮派。有一年夏天，他们从泽西海岸败落的海王星镇蜂拥而出，沿着木板路流窜到布拉德利海滩，一路叫骂："犹太佬！肮脏的犹太人！"肆意殴打没来得及逃走的人。布拉德利海滩地处新泽西州海岸的中部，在阿斯伯里公园以南，相距仅两英里，是个很不起眼的小型度假胜地。我们和其他中下阶层数以百计的犹太人，在炎暑期间逃离潮湿和蚊子肆虐的新泽西北部城市，来此租上几个星期，或是单独的小房间，或是合用的小平房。这简直是我的天堂，即使我们得三人合住一房；等到父亲沿奇斯奎克公路，开车前来度周末或两星期的年假，还得四人合住一房。我的童年非常安全，受到了良好的保护。住在这种略带无政府色彩的合租房屋内，我反而觉得非常惬意舒坦，不相信还能找到比这

① Bernard Baruch（1870—1965），美国犹太人，金融界巨子，总统顾问。

更舒适的。在这儿——并不需要更多勇气，但不可避免地会承受更多精神压力——十或十二名妇女试图合用一个大冰箱，挤在公共厨房中为孩子、来访的丈夫、年迈的父母煮饭炒菜。大家聚在通风不良的餐厅中进餐，自由散漫，颇有基布兹公社的气氛——截然不同于我家的井然有序。

四十年代初期，布拉德利海滩的合租房屋又热又闹，虽不像家园，却也有温馨。与此形成醒目对比的是沿海的种种迹象，提醒大家美国正在打一场大战。海岸警卫队的掩体在海滩上星罗棋布，周围是带刺铁丝网，看上去一片黯淡；数名孤独的年轻水手，在阿斯伯里公园的游乐场玩游艺机；到了晚上，必须遮暗沿木板路的全部灯火；晚餐后拉下黑色窗帘的合租房屋使人感到窒息；海滩上有冲上来的垃圾，据称来自被鱼雷击沉的船只——我有时担心，与朋友在海边兴高采烈地涉水游玩时，会否撞上丧生于大海的尸体。此外——实在是最诡异的，既然我们都在齐心协力地击败轴心国——还有我们小孩所谓的“种族骚乱”，即来自海王星镇少年的夜间入侵。针对犹太人的暴力虽然只是少年的所作所为，但正如大家所说的，他们学到的仇恨只能来自家里的听闻。

虽然骚乱仅发生过两次，但有一年的七月和八月，犹太儿童晚餐后的出游，不管是单独一人，还是与朋友一起，都被认为是不明智的。虽然对十岁孩子来说，无须做功课，无须准时就寝，穿着短裤和凉鞋在夜间闲逛，是布拉德利海滩的最大乐趣之一。第一次骚乱发生之后的清早，在洛林大道海滩上收集冰棒棍子、玩捉迷藏游戏的孩子当中，流传某人（似乎没人知道究竟是谁）在前一夜不幸被抓的故事。反犹暴徒把他按倒在地，将他的脸在风化开裂的木板路上来回推搡。这一特殊的可怕细节，无论是杜撰的，还是真实的——它并不一定需要如此——给我留下了深刻印象：这种对犹太家庭的非理性憎恨可以变得如此野蛮。任何人都可以看到，那些犹太家庭只是来布拉德利海滩寻求廉价的避暑，只想度过一段安静的良辰，除了互相之间的偶尔小摩擦，并不打扰其他任何人。据称，其中一名妇女在共用冰箱里拿了他人的咸黄油，抹在自家的玉米棒上。如果这就是我们能带来的伤害，那为何要让一个犹太男孩的脸面变得血肉模糊呢？

在麦迪逊大道一号总部上班的非犹太人主管们，与叫嚷着“犹太佬”、拥入布拉德利海滩的少年，几乎没有丝毫的可比性。但我仔细思考下来，觉得他们同样地不合理不公平，其反犹也没有好的理由。所以一点也不奇怪，我在十二岁时被告知要认真考虑长大后做什么，便决定成为一名保护弱者的律师，以反对暴力和特权所造成的不公正。

进入高中后，那个威胁转移到了学校体育场，那是纽瓦克当时唯一的大型足球场，位于陌生的布卢姆菲尔德大道，离我的威夸依克高中有四十分钟的车程。每逢秋季的周六，全市七所高中里的四所，都会去那里参加两场联赛。多达两千名学生前来观战，第一场比赛在中午时分开始，第二场比赛结束于夕阳西下，然后集体退场，拥入周围的街道。一场球赛恶战后，学校之间的激烈竞争最终导致看台上的争吵，这几乎是不可避免的。在一个种族背景大相径庭的工业城市，再加上微妙却明显的阶级差异，来自四个不同社区的易怒青少年很容易大打出手。然而，因威夸依克高中学生引起的暴乱——尤其是在威夸依克球队罕见的胜利之后——绝对不同于其他任何的。

记得高中二年级那年，我与朋友们在看台上为印第安人队疯狂助阵，那是威夸依克球队在纽瓦克体育新闻中的大名。我们的球队成军已有十四年，但从没打败过巴林杰球队。那场哥伦布节日的比赛接近尾声时，我们的球队仍以六比零领先。巴林杰球队的守卫是贝瑞、佩洛索、肖特、汤普森，威夸依克高中的守卫是韦斯曼、魏斯、戈尔德和全卫弗雷德·罗森伯格。上半场结束时，弗雷德带领队员持续向前推进，最后以两码的俯冲达阵成功。弗雷德现是新泽西一名公关顾问，在最近写给我的信中，称之为“一九四七年印第安人队整个赛季中寥寥几个达阵之一，更可能是始于攻防线的最持久进攻之一”。

这场神奇的比赛几近尾声——其时，巴林杰球队在城市联赛中与中央球队并列第一名，眼看就要爆冷门，败在纽瓦克最弱的球队手中——我突然发现，对方球迷已从球场的另一侧鱼贯而下，沿过道朝我们这边拥来。我不等裁判的终场口哨便朝出口狂奔，与其他心知肚明的同学一起，跑下体育场的斜坡，冲向将把我们载回自己社区的巴士。虽然周围驻有警察，但很容易预测，一旦失控，除非你手脚紧抱警察，否则他的保护不会有太大的帮助。其他三所学校的帮派对威夸依克高中的犹太学生都虎视眈眈，假如你不幸被抓——我们学校几乎全是犹太人——就休想在不承受重大伤害的情形下离开体育场。

我赶到最邻近的巴士时，车上几乎已满座，等到最后几个孩子挤入，穿制服的公交司机马上把前门关上。他在载运威夸依克高中的孩子，也要为自己的安全着想。很快就有十至十五名敌人，年龄自十二到二十岁不等，把巴士团团围住，拿拳头敲击巴士两侧。弗雷德·罗森伯格认为："纽瓦克北部每一名身强力壮的男子，不管是父子兵，还是亲兄弟，都投入了战斗。"其中一人在我座位旁边的车窗底下找到一处缝隙，试图以手指将车窗顶开。我抓住车窗的顶部，尽我所能，将它猛然压下，他发出一声嚎叫。另有人挥动棒球棒朝车窗击来，打破了边框，却奇迹般地没打碎玻璃。司机没等他们联合起来扯开车门、登上巴士找我算账——我很可能难以解释，自己的行为不是报复，而是防卫——已经把车开出，我们安全地逃离了赛后的反犹大迫害。对我们的敌手来说，大迫害才是那一天娱乐活动的最亮点。

同一天傍晚，我再一次逃逸。因为我才十四岁，体重一百多磅；更因为我从不属于留守一拼的少数，而属于一有风吹草动就逃之夭夭的多数。我们街坊的小男孩，为了保护自己，可能要在校园里对抗年龄和体型相仿的对手；但在暴烈的混战面前，逃跑算不上是什么耻辱——总的来说，一名聪明的犹太儿童，卷入危及自身安全、违背犹太人本能的行为，反被认作是可耻愚蠢的。波俄反犹大屠杀的集体记忆，已给大多数犹太家庭带来了这样的理念：我们作为人类的价值，甚至是与众不同的标志，就在于我们无法向他人行施我们祖先所忍受的那种暴行。

青春期的我，有一段时间密切关注职业拳击，能够背诵所有冠军和挑战者的名字和体重，甚至还订阅了纳特·弗莱谢尔主编的精彩杂志《拳台》。哥哥和我尚是孩子时，跟随父亲去过当地的拳击场，每次都过得很愉快。从父亲和他朋友那里，我又听说了班尼·莱昂纳德、巴尼·洛斯、马克斯·贝尔、斯拉普赛·罗森布卢姆（小丑般的绰号）的威猛。犹太人的拳击手和拳击迷，就像拳击本身一样，可算是怪异意义上的“体育运动”。它偏离规范，因此而变得相当有趣。在我价值观开始定型的世界里，如在其他任何场合，这种无节制的人身攻击一定会被视作相当可鄙。我既不能开枪射击他人的胸膛，也不能挥拳打破他人的鼻子；正因我是犹太人，所以要忍受这种限制，它没在罗森布卢姆身上生效，却在我身上灵了验。在我心目中，罗森布卢姆是比阿尔伯特·爱因斯坦博士更为神奇的犹太人。

从学校体育场逃回的当天晚上，我们在校长大道旁边的泥土大操场，举行礼仪性的胜利篝火晚会。大操场对面正好是萨得小卖店，那是威夸依克学生经常光顾的热门场所，哥哥和我都曾在这家店里兼职，出售热狗和薯条。我几乎是在这泥土大操场上长大的，它离我家仅两条街，与我读过八年的小学——校长大道小学——毗邻，小学的另一边就是威夸依克高中。在这泥土大操场上，我会参与美式足球和棒球的热身赛；哥哥会参加学校田径赛；我会数小时追踪捕捉他人打给我的腾空球；星期天早晨，我会和朋友一起闲逛，饶有兴趣地观看社区父辈——水管工、电工、农产品店铺店主——玩他们每周一次的垒球游戏，七嘴八舌地热闹非凡。如果要我以单一的虔诚行为来表达对自己社区的爱，最好的方式莫过于手膝贴地，亲吻本垒后面的那块土地。

这可是我不可侵犯的家园的神圣心脏。然而，我们的体育场攻击者却对此发动了夜间突袭，宛如一次扫荡操练，权作下午暴力事件的收尾。点燃大篝火的几小时后，我们在黑黝黝的大操场上愉快地闲逛，互相开玩笑，找机会让女孩子留下深刻印象。远处的啦啦队员一边翻筋斗，一边带领篝火周围的人群高呼口号——“你要与威夸依克高中对峙，就会摔个底朝天!”校长大道上很快来了几辆车，曾拿拳头敲击巴士两侧的同一帮人（我迅速作出的假设），朝我们大操场径直奔来，其中还有人挥舞着棒球棒。大操场沿着校长大道小山的斜坡而造，我在黑暗中飞奔到最近的围墙，悬空跳下约六英尺，在霍布森街上落地，继续前进，穿越小巷、车库、后院篱笆，最后抵达家门，花了不到五分钟。我一位莱斯利大街的朋友，跑得没那么快，也没这么幸运。他是威夸依克球队的供水男孩，身穿球衣，在明亮的篝火面前显得格外醒目。他的行凶者——第二天在社区中被确认为“意大利人”——把他举起来朝火堆一扔。他摔倒在篝火的边缘，虽没被烧着，却也花了好几天时间在医院里疗养内伤。

这只能算是一次罕见的灾祸。我们中下层阶级的社区由民居和店铺组成——绿树成荫的几平方英里社区处在城市的一角，与山边的住宅区和欧文顿的半工业区接壤——对我来说，仍是个安全和平的天堂，绝不亚于一名印第安纳农场男孩的乡间社区。这里通常不会出现令人焦虑的身影，除了一名胡子拉碴的老犹太人。他有时会在晚餐时分现身，敲我家的大门。在我看来，他像一个令人不安的幽灵，来自严峻遥远的旧欧洲。他静静地等在昏暗的走廊里，我跑去取一枚二十五美分的硬币，扔进他的募捐盒，说是为了犹太国家基金（这个名字一直让我费解：我认为，犹太人唯一的国家就是我们的民主政权。尽管它有不公平的偏见，来自所谓的最佳人士；也有凶悍的仇恨，来自某些最差人士，但我忠心耿耿地——又充满柔情地——与之休戚相关）。移民夏皮罗是裁缝，也提供干洗服务，其中一只手竟长出两个大拇指，让小时候给他送衣服的我感到有点吓人。当然还有“傻瓜”利罗伊，他看上去有点可怕，其实却是无害的。我们放学后在前门廊高谈阔论，他挤坐在旁边倾听，让我毛骨悚然。在我们玩耍的街上，他很少被嘲笑，只是呆呆地坐在那里，以空洞的眼神盯视我们，有节奏地以脚打拍子——那大概就是最可怕的景象了。

典型的回忆是周五的晚上，我们五至六人在罗斯福剧院看完连映的两部电影后回家，从社区的一端走到另一端。我们会在克林顿小广场的沃森贝果面包店停下，买刚从烤箱拿出的热贝果，才几美分一个——四十年后，贝果面包已成汉堡王连锁店的早餐主食。我们每人吃三到四个，为自己的戏谑高声大笑，模仿我们喜欢的男中音歌星，绕来绕去将每个人送到家。天气好的时候，我们会绕到校长大道小学的后面，那里有一个沥青小运动场，与泥土大操场接壤。它的一侧是木制的长看台，我们躺在上面伸展四肢，沐浴在露天的夜晚。我们像战后美国任何地方的孩子一样，无忧无虑，丝毫也不觉得自己在哪里亚于其他美国人。我成年后在芝加哥和纽约的犹太知识分子中，经常听到有关犹太性和犹太人的讨论。但在当年，它完全是一个未知数。我们只谈论家人的误解、电影、电台节目、性、体育运动，甚至在政治问题上相互争执。但这很罕见，因为我们父辈都是新政的热心支持者；至于对富兰克林·罗斯福和民主党的崇敬，我们当中也没有异议。关于犹太人，除了他们也有两只胳膊和两条腿，真没什么可多说的。对我们来说，不是犹太人，反而是一件怪事——如果听到有人宣布，希望自己从来就不是犹太人，或不愿在未来继续成为犹太人，那才是更大的怪事。

同时，这种强烈的少年情谊又是我们彻底走向美国化的主要方式。除了少数例外，我们的祖父母都是本世纪初来自加利西亚、俄罗斯波兰领地的贫苦移民，我们的父母在纽瓦克长大，以讲意第绪语为主，其正统犹太教刚刚受到美国生活的侵蚀。即使他们的讲话没有外国口音，听来非常美国化；即使他们的信念已经世俗化；即使他们生活的美国方式已显得娴熟，颇具说服力，他们仍受儿时训练和父母纽带的强烈影响。在我们眼里，那些东西仅仅是很古老的习俗和观念，既过时又无用。

我童年时代的大社会又与当时最具本质性的美国现象难分难

舍——棒球比赛。它的神秘感被封藏在三个相对便宜的迷恋物中，你在自己房间里可永远与之形影不离，不管你是在做功课，还是上床睡觉。十岁和十一岁时的我，就是这样一个原始崇拜者。它们就是棒球、棒球棒、手套。我正统犹太教的祖父，每天早晨都要佩戴贴肉的老经文护符匣，无疑是想在熟悉的皮革气味中觅得慰藉。我也每天礼仪式地戴上我的手套，练练我的接球，从它的气味中寻求安慰。在棒球场上，我只是一名平均水准的球手。棒球手套之所以对我有这么大的魅力，与其说我在蠢蠢地幻想自己将成为一名大联盟球员或一名高中明星，倒不如说我已皈依一个伟大且世俗的美国教会，而且没人说过，这个教会犹太人不得参与。（黑人则不同，还要等到一九四七年。）整个小学年代，我们痴迷地组建、重组了不少垒球和棒球的团队——我们喜欢给它们起显著的土著名字，如西比族和莫霍克族，并称之为“社会和体育的俱乐部”——它们除了让我们有机会在心爱的游戏中一争高下，还发挥了秘密社团的作用，让我们摆脱父母身上淡淡的外国残余，更提供我们已是美国小孩的铁证。奇怪的是，我们既远又近的古老犹太血统，很有可能是我们热爱棒球的源泉，因为它不像拳击或美式足球，没有丝毫对肉体的暴力威胁。

二十多年以来，威夸依克社区已成广袤的纽瓦克黑人贫民窟的一部分。我访问住在伊丽莎白的父亲时，偶尔会偏离高速公路，迂回拜访我的老纽瓦克，让自己经历一次情绪锻炼。开车经过的街道仍是我非常熟悉的，只是目睹不少关门大吉的店铺和严重颓朽的房屋，更明白自己的肤色在此并不受欢迎。近日，我驾车在威夸依克社区的单行道上流连忘返，开始想象一种故居牌匾，像伦敦和巴黎的历史名人住宅一样，以纪念曾住此地的男孩的成就。镌刻在牌匾上的，除了我那些朋友的名字、出生年月、居住时间，不是他们在人生中取得的专业地位，而是他们在我们四十年代社区棒球队的打球位置。我想，你如果获悉，三垒手西摩·费尔德曼曾住在霍布森街上这栋有四户人家的房子里，隔开几家就是罗尼·鲁宾的旧居——他年少时是我们的捕手，你就会明白，费尔德曼和鲁宾一家是如何、在何处通过他们年幼的儿子而变成美国人的。

一九八二年，我去迈阿密海滩拜访鳏居的父亲，这是他首次在那里单独度假。有一天晚上，我让他陪我散步，去位于柯林斯大街的新加坡酒店，那曾是迈尔·兰斯基[1]的黑社会基地。当天早些时候，他告诉我，在新加坡酒店度冬假的，有一些是他这一代人的残余，来自同样的社区。他刻薄地补充，即那些“还留在地面上的”人。我在新加坡酒店的大厅里，在每天晚饭后聚在一

① Meyer Lansky（1902—1983），波兰犹太裔美国黑社会大亨。

起闲聊的老人中，认出不少熟人，其中有一位母亲。她儿子就是我们西比族球队的队友，也喜欢在操场上没完没了地打球，天黑了又在小运动场的木制看台上盘桓。我们坐在一起聊天，邻座的人在玩纸牌游戏。她突然抓住我的手，一边微笑，一边以深情的双眼——天下母亲所特有的参透人心的神情——看着我说："菲尔，你们小男孩之间的感情——我再也没见过这样的东西。"我回答，我也没有，那完全是大实话。

乔　学　院

父亲在大都会的埃塞克斯地区办公室担任经理助理，在最好的年份大约每周可赚一百二十五美元的工资和佣金。二十世纪四十年代中期，即我从小学过渡到高中的阶段，他参与一项商业投资，结果花掉了家里的全部积蓄。他与母亲长期磋商之后，伙同朋友投资于一家冷冻食品配送公司。好几年来，他白天是大都会保险人士，晚上和周末则驾驶冷藏车，在新泽西州和宾夕法尼亚州东部做冷冻食品的生意，根本都没有领薪水。他为了支付自己的合伙投资，除了耗尽自家的积蓄，还从亲戚处借了八千美元。他当时四十五岁，之所以冒险做生意是因为他作为犹太人，似乎不太可能在大都会获得进一步发展。他的教育程度才八年级，也可能是他晋升道路上的障碍。

他曾希望，两个儿子从高中毕业时，他的生意会有起色，能帮助负担大学费用。但生意很快破产，等到我要上大学，他还在设法还清债务。幸运的是，一九四九年他获得大都会意外的提拔，去掌管纽瓦克郊外的联合市办公室。初上任时，该办公室几乎没有业务。倘若他能以自己的专业知识和能量，激活这个倒霉的机构，倒不失为一个良机。碰巧的是，退伍军人法案的出世，让他无须负担哥哥的大学费用。桑迪进入海军是在征兵法案依然有效的一九四六年，退伍是在一九四八年。他没要家里的经济资助，进了布鲁克林艺术学校。我一九五〇年一月从高中毕业，在纽瓦克一家百货公司担任仓库管理员，到了九月又在罗格斯大学的纽瓦克学院注册为法律预科生。那只是一所普通州立大学在纽瓦克市中心的分校。我原本渴望离家，如果能换成罗格斯大学在新不伦瑞克的主校园，也会好很多。我虽然十六岁毕业，在班上成绩不错，但还是无法获得罗格斯大学的奖学金。于是，我成了一名纽瓦克的新生，继续留住家中。

不管我在纽瓦克学院感到多么满足，离家的热望一直在熊熊燃烧。学院位于市中心的“历史区”，偏离商业中心区，从我家拐角出发，约二十分钟的巴士。我上市中心，不再是与小朋友们一起去看电影，不再是与家人在周日晚上聚餐，不再是在百货公司里漫不经心地上货，现在自己拥有崭新的课本，手挎生意人的公文包（装的其实是午餐），口袋里还有正在学用的烟斗，感到一下子成了大人。我坐在曾是酿酒厂的教学楼里，与意大利和爱尔兰的孩子一起攻读大学课程，与自己的自由民主精神完全契合。那些同学来自其他高中，曾显得陌生、不可知，甚至敌对。我来自另一个社区高中，里面百分之九十以上的学生都是犹太人。我认为，能融入不同种族互相竞争的大社会，本身就是一种解放。我们的人文学习——以我理想化的眼光看——就是要提携我们超越社会的差异。不管是威夸依克社区的犹太商人，还是包铁社区的工薪阶层，都要让他们的后代摆脱文化上的狭隘和智力上的贫乏。我们大家一起吃纸袋午餐，随意交谈，结为朋友，让我豪迈地觉得，自己已经非常“美国化”了。那些非犹太人的同学，毕业于巴林杰、南城、中央、西城等高中，早先在我眼里，只是城际体育赛事中更加厉害和优秀的敌手。我们犹太人已经美国化，或威夸依克社区已是典型的美国城镇社区，我对此毫无疑问。但我又是战争年代的孩子，深受歌曲中兄弟情谊的感召，如弗兰克·辛纳屈的《我所住的房子》和托尼·马丁的《住宅交响曲》。现在接触到美国大力提倡的自我定义的求同存异，我感到无比兴奋。

我同时又明白，如果继续留在莱斯利大街的五室公寓，继续在曾与哥哥合用的卧室里生活和学习，我与父亲的摩擦将不断增加。因为，我再也不能向他或母亲——她都不敢开口询问——如实交代我周末的或周六晚上的行踪。我是一个温和、正直、负责的孩子，只交正直、负责的朋友；我又非常恭顺、讲礼貌，并无不可抑制的冲动。但我有自己的主见和独立性，如果父亲挑战我的私生活，已是大学生的我会深感窒息。我已长大，不再适宜于围坐在家庭餐桌旁；像任何迅速成熟的青少年一样，也不耐烦于父母的谆谆教诲。我大学二年级时非要离家，主要是为了防止一场战斗。一边是勤劳忘我的父亲，另一边是忠诚坚定的儿子，对于这场战斗，双方都毫无准备。

母亲没有问题。一旦哥哥和我流露出新兴的独立迹象，就一改早年抚养我们时的严厉和挑剔，对我们的成熟模样，甚至萌生了轻微的畏怯。从某种意义上说，她重新爱上了我们，这一次宛如一个希望得到约会的害羞女生。我想，十三至十四岁的儿子离开母亲的领域，原先哺育他的母亲反而变得有点怕他，这样的角色变迁是相当原型的。哥哥出生时，母亲仅二十三岁，尚是一名漂亮无辜的年轻女子，却陷于一贫如洗的婚姻。她少女时代一直忍受严格的监督，因为她的父亲既严峻又残暴。因此哥哥在年幼时，似乎因母亲充满警惕的抚养方式，而受到比我更多的限制。很明显，她取之不尽、用之不竭的母爱，既造就了哥哥的这种感受，又掺进了温柔成分。在这份母爱中，哥哥获得了不少的情感支持，一点也不少于我的。尽管如此，与我相比，他遇上的教育方式可能更为僵硬、更为严峻。五年之后，她从抚养哥哥中获得经验；此外，父亲每周的大都会工资已开始减轻他们的财务焦虑。所以，对八至十岁的我来说，家庭似乎是十全十美的；到了我十六岁那年，就不复如此，我亟想脱身。

我不在乎脱身去哪里——无论哪所大学都行，所需要的只是教授、课程、图书馆，我会努力学习，获得一份“良好教育”，成为一名我从十二岁起就已憧憬成为的理想主义的律师。我的直系亲属中没人毕业于文理学院，所以，没人能向我介绍他们的母校。我们社区正值大学年龄的一代年轻人，本可成为我的榜样，却因战争和战后的征兵完全消失。他们再次出现时，已是享受退伍军人法案的老兵，显得异常老成，难以接近。我们唯一的真正导师是那些前军人——现在充任伦巴舞者、加油站助手、自封艺术家、冷饮柜售货员、快餐厨师——他们无所事事，与我们一起打临时组织的篮球比赛，还在小运动场的看台上教我们如何掷骰子，玩五张牌的梭哈，赌注则是我们从母亲的钱包和父亲的裤兜那里偷来的。至于上大学的指导，我知道，必须另辟蹊径。

早在高中时代，哥哥已是纽约艺术学生联盟的周末学生，从海军退伍之后，又去普拉特学院读了三年。我高中快毕业时，他每个周末从普拉特学院回来，在餐厅里立起画架，以厚厚一层旧报纸盖住餐桌，摆出他的颜料和绘画材料。有时，他会留下他在地铁和火车上阅读的平装书。我能在十五六岁就读到《小城畸人》《一个青年艺术家的画像》《只有死人才知道布鲁克林》，这就是原委。他临摹裸体的模特，有自己的公寓，作为水手去过充杂妓女的酒吧，又为鲍厄里街的懒鬼即兴创作钢笔素描。即使我很欣赏他的成就，但桑迪的模式不是我可以简单模仿的。他的学习是为了让他变成一名职业艺术家，而我的天赋，如家人所描绘的，只是“口若悬河”。

我还在上小学时，从事纸板箱生意的埃德叔叔曾带我去普林斯顿大学看美式足球比赛。我一直没忘——不管是它绿色的四方院，还是它令人回味的名字——但我从没想申请那里。我从伯伯处获悉，尽管那里有我们朝圣过的爱因斯坦故居，普林斯顿大学“不收犹太学生”（这也是我们为罗格斯大学疯狂助阵的原因）。至于哈佛和耶鲁，不但像普林斯顿一样，是上层非犹太人的堡垒，在社会问题上无情排外，而且让自己的招生办公室设“犹太配额”。这是圣约之子反诽谤联盟①的披露，这种做法引起了像我这样爱国的美国青年（我还是实打实的犹太人）的极大反感。我是四大自由②的拥戴者、美国革命女儿会③的敌人、亨

① Anti-Defamation Leagues of B'nai B'rith，一个为全世界犹太人服务的国际组织的分支机构。

② Four Freedoms，指富兰克林·罗斯福总统所倡导的言论自由、信仰自由、免于匮乏的自由和免于恐惧的自由。

③ Daughters of the American Revolution，基于血统的妇女组织，其成员的祖先必须曾参与美国独立战争。

利·华莱士[1]的支持者。这些著名的精英大学，凭借歧视性的招生政策，似在标榜这种特权思想，这正是我所憎恨的。我不认为当年的我对此能有这么多的感触，只是不想在自视优越的机构，即新教盎格鲁-撒克逊的哈佛或耶鲁，重复父亲在大都会的挣扎。更重要的是，如果我不能从罗格斯大学获得奖学金，还能指望这些常春藤大学吗?

当然还有其他几百所大学：维克·弗斯特、鲍林·格林、克莱姆森、阿勒格尼、贝勒、范德堡、鲍登、科尔比、杜兰。我知道它们的名字，仅此而已（甚至不知道它们确切的所在地），因为那年秋天的周六晚上，斯坦·洛麦克斯和比尔·斯特恩在电台上宣读这些学校的美式足球赛比分。我在《纽瓦克晚报》和《纽瓦克周日传呼》的体育新闻上读到这些名字，还在美式足球赌博卡上看到这些名字。这种花二十五美分就能在街角糖果店买到的赌博卡是非法的——父亲告诉我，它的经营者是朗吉·齐威尔曼和纽瓦克的黑社会组织。我开始买赌博卡时才十一岁，到十三岁时，已经和几个社区孩子一起，帮糖果店老板在学校操场上推销赌博卡，那是我与组织犯罪集团的唯一联系。我通过赌博卡

---

① Henry Wallace（1888—1965），美国政治家，富兰克林·罗斯福时期曾任农业部长、副总统。

获悉的大学，其数量可能大大超过我们高中升学顾问的。我曾向他坦白，我可能更想当一名记者，而不是律师。于是，他建议我去申请密苏里大学。当我告诉父母这个建议时，母亲显得目瞪口呆，凄楚地重复着“密苏里”这三个字。我跟她说：“他们有很了不起的新闻学院。”但父亲告诉我：“你不会去密苏里的，太远了，我们负担不起。”

在纽瓦克学院上学的那年圣诞假期，我有机会与同住莱斯利大街的邻居马蒂·卡斯尔邦姆闲聊。我俩从小学时就认识，相互之间如果不算特别亲密，也算亲近友好。马蒂现已是新泽西的一名医生，过去却是个孤独的人——高高瘦瘦的，不同于我最好的朋友，似乎并不痴迷于性爱，也不喜欢浪漫的冒险。他是个安静的好学生，对棒球充满热情，完全是可敬、世俗的犹太家庭的产物。卡斯尔邦姆一家的表面结构——以及家中的井然有序——与我家的非常相似：一位能干有礼的母亲，一位勤劳豪爽的父亲（他是律师，所以在职业上高出一大截），还有一位和他长得非常相似的哥哥。我一直很喜欢他温和性格中的欢愉，但我发现，与我最亲近的男孩相比，他更喜欢宅在家中。如果我没记错的话，马蒂练钢琴很虔诚；在我心中，这使他迥然不同。我们有好的学习成绩和礼貌的举止，但也会悄悄掷骰子，在皮夹里私藏密封的避孕套（真正使用的可能性很小）来平衡一下。与我家相比，他家离街角的糖果店更近，但马蒂很少出现在糖果店里，或门外的消防栓旁。我有时会在那里，故意模仿我们的校长和当地的拉比，来娱乐那些常客。

马蒂读的是一个小型学院，约一千九百名学生。它的名字，像维克·弗斯特和鲍林·格林一样，并没给我留下深刻的印象——巴克内尔大学，位于宾夕法尼亚州的刘易斯堡。让我产生兴趣的，不是他介绍的学习内容，而是他新近学到的素质；而青少年时代的马蒂，恰恰缺乏这一种素质。它是一种风度和诀窍，鼓励男孩去竞选学生会主席，追求班级里最棒的女孩。仅仅几个星期，这小子已学会了自信和外向，处处透露出成熟。我认为自己属于热情精干、能说会道的类型，一直不把马蒂放在眼里。他现在居然还有一位女朋友，提到对方时也全无旧日的羞怯。我惊呆了，自己仍住在莱斯利街，尽量遵循高中时代的行为准则，以避开父亲的干涉，而马蒂似乎已踏入了成人社会。

我怎么也忘不了他有关女朋友的叙述：他早上会去女生宿舍接她，再一起步行去各个教室上课。给我留下深刻印象的，不是那种牧歌式的浪漫，而是他实话实说的神态。马蒂在这所名叫巴克内尔的大学不到一个学期，已变成了一名独立的年轻人，讲到独立年轻人的特权事宜时，全无丁点的羞耻、内疚、掩饰。我在罗格斯大学的纽瓦克学院，也许会变成更加老到的纽瓦克人和美国人。但是，即使有烟斗和避孕套，我也不能让自己相信，我已长成男子汉。

一九五一年三月，我和父母开车七个小时来到刘易斯堡。它离哈里斯堡约六十英里，地处一个农庄的山谷，旁边就是萨斯奎汉纳河。小镇共有五千余人，是该州最保守共和党的势力中心。招生办主任助理负责面试我，她已届中年，彬彬有礼，她的名字我已经忘了，姑且叫她布莱克小姐。她在办公室里告诉我们三个人，凭我高中的排名和纽瓦克学院的成绩，录取没有问题，已修过的大一课程也会得到承认。让她不太乐观的，是我作为转校生可能拿不到学校的资助；但同时又向我们保证，如果我在巴克内尔表现优秀，很有机会在将来赢得奖学金。

听到这里，我有点不高兴；我想，部分原因在于父亲的晋升。自从他担任联合市办公室经理以来，他的收入有了显著的增长，我必须在资助申请表上填上确切的金额。但他工资收入的一部分，仍要用来偿还他的生意债务；基于骄傲和保密的缘故，他却禁止我填上这笔债务。使事情变得更糟的是，我们根本不像一个贫困家庭。例如，母亲身穿端庄的海军蓝礼服——完全得体大方——似乎比招生办主任助理穿得更好，还戴上了金别针作为首饰，那是她在家长教师联谊会连任两年主席的奖品。她四十七岁，身材依然苗条，颇有魅力。她有灰白的头发和活泼的棕色眼睛，外表和神态已经彻底美国化。事实上，她只有在犹太人中间才会彻底放松。也正因如此，她非常珍惜我们在纽瓦克的社区。她确保我们的厨房符合犹太人戒律，按时点燃安息日蜡烛，愉快地履行所有逾越节的膳食规定。她这样做，与其说是宗教原因，倒不如说是对童年生活的眷恋，更希望满足和坚持外祖母有关犹太家庭的理念。简单地说，在犹太人中间扮演一个犹太人，那是她最向往的乐趣之一。在一个以非犹太人为主的环境中，她往往会失去她的社交灵活性，甚至自信。她出于本能表现出的体面，似乎是一块用来保护自己的盾牌，而不是她庄重大方的自然流露。

但是，这一种自我意识不应被无限夸大。我确信，在巴克内尔的面试中，在布莱克小姐的眼中，母亲就是一个和蔼可亲的大家闺秀，不多也不少。

父亲五十岁，健康结实，头发已经稀疏，戴一副无框眼镜，身穿一套配有背心的深色西装，看上去倒像坐在办公桌后的面试官。事实上，他经常要做面试，为了重新调度联合市办公室的低效代理人，当然不会因第一次进大学校园而感到不安。他因时来运转（也是我们的）而更新了自己惊人的能量，又为我的学习成绩而感到无比的骄傲。两者相加，让他辐射出一种粗犷但和善的信心，一方面激起我的自傲，另一方面，我敢肯定，又扼杀了我获得巴克内尔奖学金的机会。假如他让人尴尬（事先我有这样的担心）；假如他太好胜，坚称我有多优秀，以打动巴克内尔大学；或告诉布莱克小姐，我大批亲戚在美国取得的各式成就，换言之，即表现得更为粗鲁些，我们反而会处于一个较为有利的地位。然而，我们所提供的图景是一个自力更生、进取、团结、繁荣的幸福家庭，我因此确信，我肯定拿不到奖学金了。是的，我会进巴克内尔大学，但由于缺乏资金，将无法注册。

当天晚些时候，马蒂带我们参观大学校园和周围迷人的林荫道。林荫道直通主要的购物街，那里有我们已预定当晚客房的刘易斯堡酒店。这是我与埃德叔叔访问普林斯顿大学以来，又一次在一个古镇散步，镇上的民居可追溯到十八世纪。马蒂的兄弟会宿舍附近有一小块绿地，上面有一门南北战争中留下的大炮，他大胆地告诉我父母："处女走过时，这门大炮就会开火。"

最吸引我的是它的校园。在高大的树丛中，又在连绵起伏的草坪上，点缀着常春藤覆盖的各式砖楼。男生宿舍就位于校园中心地段的"小山区"，从宿舍窗户可远眺玉米地和牧场之外的莱科明山。宿舍的圆屋顶上安有大时钟，按时敲响；一座优雅的尖塔耸立在新建的图书馆上，那是学生的聚会场所，马蒂亲切地称它为切特图书馆（尽管上面写着野牛图书馆）；那栋名叫拉里森厅的宿舍楼里，住有他的女友。另有十几个建筑物，散布在小山区脚下的街道上，看上去很像庄园，外墙的装饰让人联想起英国的豪华住宅或带柱廊的农场住宅，这些就是兄弟会的宿舍。总而言之，这是一个并不古怪的大学小镇，我以前只在有凯·凯泽或琼·阿利森的电影中见过。它并不见得是低调或文雅的，肯定不是豪华或绅士的，却非常适合最舒适、最普通的井然有序。刘易斯堡散发出一种谦逊的礼貌，可得到我们的信任；而不是一种特权的装腔作势，可能会吓倒我们。可以肯定的是，乡村风貌和小镇环境（包括布莱克小姐）所透露的谦逊礼貌，却是明白无误的非犹太人版本。我那些使用意第绪语的祖辈艰难地存活于纽瓦克最穷的贫民窟，眼前这个美丽小镇却随处可见和谐的本土性；从前者到后者，是我们一家追求美国化的冲劲在半个世纪中所取得的成绩；在一九五一年，我们丝毫不觉得这种变迁有任何不妥或自命不凡。

到头来，父母像我一样也留下了深刻印象，与其说是由于巴克内尔的学院风貌，倒不如说是由于我们热情的向导。他们也像我一样，认为这个来自我们街区的犹太男孩，似乎在这陌生的氛围中获得了奇妙的进步。在酒店餐厅吃过晚饭后，马蒂返回他的宿舍，我们坐电梯回客房，父亲问我：“你喜欢不喜欢?”“喜欢，但要是他们不给我九月份的奖学金，我们怎么负担得起?”他回答：“忘掉奖学金吧，想去，你就去。”

我在自己房间的小桌前坐到很晚，桌上一摞酒店的信笺供我记下自己的“想法”。我一遍又一遍重演与父亲在酒店电梯中的对话，再添上一句自己的。与他面对面时，我很可能缺乏自我控制，难以启齿；现在面对刘易斯堡酒店的信笺，我可以自由自在地倾诉肺腑之言。我有种轻飘飘的感觉，因为我既安全度过了最糟的时刻，又保全了使我家坚不可摧的和谐。这种和谐由来已久，始于我上大学之前。“现在，我俩将不会有这场可怕的冲突，巴克内尔拯救了我俩。”

由于我开始上大学后一直避不开的矛盾——我周末午夜之后的行踪——父亲和我还是躲不掉这场可怕的冲突，只是它被推迟到我第一年从刘易斯堡回来度假时。直接的导火线平庸无奇，但冲突比我预料的更加厉害。哥哥——很幸运地正好在家，他平时都在曼哈顿，正努力成为一名商业艺术家——和母亲尽力充当和事佬，以处理突发外交事故的神情在公寓两端来回穿梭，隔绝在那里的是发疯似的交战双方。经过两天戏剧性的叫喊和痛苦的沉默，父亲和我——最后是为了我凄苦的母亲——达成了脆弱的休战。回到巴克内尔时，我已成久经沙场的儿子，刚从恋母情结的战场撤下，急需休息和康复。

五十年代初进入巴克内尔的白人男性基督徒，只要略具吸引力，就会受到十三个兄弟会中大约一半的青睐。颇有前途的运动员、著名预科学校的毕业生、有钱父母或杰出校友的儿子，可能会获得多达十个兄弟会的邀请。犹太新生——或像我这样的犹太转校生——最多只能期望两个兄弟会的争夺。一个是纯犹太人的兄弟会，名叫西格马·阿尔法·谬[1]，像基督教兄弟会一样，也是全国性机构的地方分会。另一个是地方性的斐·拉姆达·西塔[2]，既没有全国性的从属关系，也不挑剔成员的种族、宗教、肤色。一位犹太学生，如果希望加入兄弟会的生活，却又不被这两个兄弟会接受，就会身陷困境。如果他不能忍受当一名“特立独行者”——只能在大学餐厅里进餐、住在宿舍或小镇上的出租房、在主流的学生群体之外结交男女朋友——就只好打道回府。其时就有好几个如此的案例，均牵涉犹太学生。

犹太兄弟会并没有什么犹太特征，除了一个用以界定其成员并受到广泛认可的昵称。不管是在巴克内尔，还是在设有西格马·阿尔法·谬分会的其他校园；不管是在外人还是在他们自己之间，犹太兄弟都被叫做萨米[3]。如果犹太兄弟会当初取名为约

---

① 原文为 Sigma Alpha Mu，即希腊字母 ΣAM。
② 原文为 Phi Lambda Theta，即希腊字母 ΦΛΘ。
③ Sammy。

塔·卡帕·宇普西隆[1]，恐怕就不愿容忍艾奇[2]这样的昵称了。似乎还从来没有人把萨米当作一个略带诬蔑意味的标签。也许从一开始，它就是预防性的，先行抢占这一友好的缩写，以避免后人的恶搞。不过，这个昵称的后缀仍有一点小小的刺痛。我从没有听惯这个叫法，也从来说不出口，可能是由于我读了巴德·舒尔贝格的小说，变得过于敏感。我是高中时读这本书的，书中有一个极爱出风头的犹太人，名字就叫萨米·格利克。

萨米的厨房向大约六十五名成员供应一日三餐，闻起来更像是一艘商船的厨房，肯定不像传统犹太家庭的"至圣所"[3]。绰号"曲奇"的厨师是当地一名海军退伍军人，脸色严峻，身上有刺青，个头矮小，下颌像松弛的灯笼，老是残留一至两天的铁青胡茬；在美国任何地方的乡村小餐馆烤洋葱，都不会显得突兀。鸡蛋配火腿或熏肉是早餐的主食；每星期大约两次，在午餐或晚餐时吃猪排和火腿排——大家的菜单都差不多，不管是其他的兄弟会厨房，还是大学餐厅。你加入犹太兄弟会，不是为了吃犹太食品、遵守安息日、学习摩西五经、讨论时下的犹太问题、摆脱尴尬的犹太人生活方式。很可能，你来自像我一样的家庭，不再把

---

① 原文为 Iota Kappa Epsilon，即希腊字母 IKΥ。
② Ikey。
③ sanctum sanctorum，原指古代耶路撒冷圣殿中最里面也最神圣的地方，这里指厨房。

同化当作一件大事——如果你仍在纠结，从一开始你就不会来巴克内尔，即使来了也不会待久。但这并不表示，犹太父母更愿意学校明文规定他们的萨米有权加入以基督教为主的兄弟会。不对，在一九五一年，西格马·阿尔法·谬适合每一个人。犹太人在一起是因为他们与众不同，但在其他方面，又与他人没什么两样。

一九五一年九月，我作为大二学生来到巴克内尔，巧遇良机，有望成为一个非犹太兄弟会的唯一犹太人。向我发出邀请的，不仅有犹太兄弟会西格马·阿尔法·谬和无宗教派别之分的斐·拉姆达·西塔，还有西塔·希[1]，我从来没弄清个中原因。西塔·希兄弟会六十多名非犹太成员中，已有一名犹太成员。他在读大四，有一个非犹太人的名字，看上去也不像犹太人，其时已荣升为该兄弟会的主席，在招募我入会一事上相当努力。不过，我的名字和外表是骗不了其他人的。我对此事非常认真，在招募期间还好几次去他们那里做客吃饭。如果我想加入兄弟会——考虑到不通过兄弟会来打入学生社团对一名大二学生来说几乎是不可能的——那么，怀抱民主理想和自由原则的我，是否应该利用严密隔离系统中这一莫名的漏洞呢？

---

① 原文为 Theta Chi，即希腊字母 ΘΧ。

对纽瓦克威夸依克社区的男孩来说，成为西塔·希兄弟会的成员，肯定要比不出预料地与犹太学生为伍，听起来更具冒险精神。另外，那个无宗教派别之分的兄弟会拥有近百名年轻男孩，它不显眼的房子就坐落在一条背街上。我作了一个快速评估，在我看来，我所遇见的成员，要么正直得几近天真，全心奉行自己的原则，要么在社交上害羞迷茫，像是无处可去。让我感到震惊的是，斐·拉姆达·西塔洋溢着一种慈善和美德的气氛，比我遇到的挂基督教之名、行无宗教之实的兄弟会，譬如西塔·希，更具纯粹的“基督教”意味——甚至有点像施恩布德的救世军——当然，我也可能猜错。其他的都不谈，我相信自己需要一个稍稍放纵、较少乌托邦的氛围，以实现我邪恶的性爱计划，哪怕只实现其中的十分之一。该计划——正如父亲所推测的那样——我已在暗中筹划多年。斐·拉姆达·西塔兄弟会志存高远，太像我渴望逃离的那个家了。

我的选择必须与父母的喜好无关，不惜一切代价。我离家，是为了获得自己的独立。我在一系列的家书中，就这个选择难题作了疯狂详尽的卡夫卡式表述。在他们耳中，我那些解说肯定像天真愚蠢的呓语，但他们并没作出本能的答复，很可能惊愕失色于这洋洋千言，转而寻求犹太朋友的建议。格林夫妇从事服装生意，女儿几年前也表现出类似的冲动。父母从电话中获得的献策并非全无道理：他们说，他们希望我选择让我觉得“最快乐”的；如果我认为，与不同背景的男孩在一起更快乐，那就选西塔·希；如果我最后意识到，就像他们和格林夫妇早已意识到的那样，与像马蒂那样背景相似的男孩在一起更快乐，那就选西格马·阿尔法·谬。母亲告诉我——她的口气比较委婉，所以成了家里的发言人——只要是让我高兴的选择，无论是哪一种，他们都会很高兴等等。

假如我加入西塔·希，成为他们新来的犹太成员，在一段时间内可能是振奋人心的，因为我向惯例提出了挑战；发现这个未知社团的秘密，在开始时也可能引起人类学上的真正激动。但恐怕不需太久，我就会发现，我个性中喧嚣的一面，即我在街角养成的对漫画式嘲讽和戏剧性猜测的偏爱，将与西塔·希的餐厅格格不入。它稳重，平淡无奇，注重小镇礼仪，给我的印象多少有点陈腐过时。我作为西塔·希成员的履历，很可能会比我作为萨米的更短。我不怕成为一位荣誉的盎格鲁-撒克逊白人基督徒，但很怀疑其中可能导致我进行自我审查的公共精神。我离家出走，最不愿意做的，就是让自己的行事做人受缚于他人。我到最后恍然大悟，相比于选择背景相似的兄弟会，选择西塔·希可能是一个更循规蹈矩的行为。那些犹太学生，正因为其习性是我所谙熟的，反而无力抑制我朝思暮想的表述欲望。他们中有一些像我一样背景的更可能有类似的渴望。

确实有——准确地说有两人，都是大二的英语专业学生：来自巴尔的摩的皮特·塔什和来自纽约州弗农山庄的迪克·明顿。后来成为英文教授的皮特，适应力强，书生气十足，心思缜密，不仅优于兄弟会的普通伙伴，而且远远胜过他服务的那些客人。下午和晚上，他都在当地的快餐店打工，提供可乐和薯条给客人，以负担自己的生活开销。最终成为律师的迪克，意志坚强，直截了当，完全没有架子，极其聪明，如果不在读书，就在听贝多芬的四重奏。分享他炽烈文化热情的，全校最多不超过十几个学生，几乎没有一人是我们兄弟会的。一九五二年的冬天，即我就读巴克内尔的一年后，我们三人退出西格马·阿尔法·谬，全身心投入文学杂志《等等》的工作。我们帮助创办了这份杂志，之后干脆全盘接管。我在一九五二至一九五三年度担任主编，下一年轮到皮特，迪克则一直充当文学编辑。

我们的兄弟会成员基本上分成两大类：商业和金融专业的学生，正在为今后的商业生涯或法律学院作准备；科学专业的学生，除了两名想当工程师的，剩下的都想报考医学院。文学兴趣铸成了我与皮特、迪克的联盟，除了我们三个，仅有极少数的文科学生。在那之前，我最喜欢的同伴是一名商业和金融专业的学生，名叫迪克·丹霍兹，身材魁梧，颇有主见，留着小胡子。我视他的快乐有力为犹太人特有的干劲，给我们纽瓦克社区带来了独一无二的生气。迪克来自纽瓦克的郊区，和我们一样在美国扎根，只不过我们住在市区，这也许解释了我俩强烈但短暂的亲密关系。我俩凑在一起，就成了粗野不羁的江湖艺人，晚餐后在客厅里上演即兴的讽刺小品。在校际的期中庆典中，萨米的音乐小品——以巴克内尔为背景的《红男绿女》[①] ——就是迪克·丹霍兹和我共同创作、导演的，我俩还共同主演了那两个闹腾的歌手。这出意气风发的低俗喜剧——我认为，它可能不会在西塔·希兄弟会受到欢迎——构成我们兄弟会唯一明确无误的“犹太性”：性格外向的人处处找乐子，旁观者发现我们饶有风趣。据我看，西格马·阿尔法·谬就是通过这两个特征，成为货真价实的犹太兄弟会。

我从不知道，以新教基督徒为主的学生会如何看待犹太兄弟会。巴克内尔的学生中，几乎三分之二来自宾夕法尼亚和新泽西的小镇，而大多数的萨米来自纽约州——主要是威彻斯特县和长岛，也有纽约市。当然会有一些女生，因家人的坚决反对，而不愿与犹太人交朋友。然而，校园里只有二十位犹太女生，却有八十名犹太男生。我在萨米的聚会上看到的女友大多是非犹太人，

---

① *Guys and Dolls*，1955 年上映的好莱坞爱情喜剧片。

其中不少可能来自从来没有犹太居民的社区。多年来，西格马·阿尔法·谬一直在寻求并赢得校际的学术奖杯，但只有甚少的萨米加入大学球队，无法为兄弟会带来体育上的荣耀（我在时只有篮球和美式足球运动员各两名）。不过，五十年代早期一起耸人听闻的校际活动却是我们的发明创造。该项活动的性质显示（像期中庆典中我们大胆的《红男绿女》一样），萨米负责人的主要动机，并不是学做明智的同化者，遵循传统的校园社交，而是想让人记住，我们原是一个跌宕不羁、随心所欲的兄弟会。

“沙喷”的想法并非我们分会的首创，而是从其他兄弟会那里借来的，譬如雪城大学或康奈尔大学。据称，冬季室内海滩派对的主题在那里赢得了巨大反响。巴克内尔的萨米，想借此在校园里大大提高自己的受欢迎程度。地毯、家具、奖杯柜、墙壁上的画像，要从楼下的房间搬走，整整一层——餐厅和两个客厅——要铺上大约三英寸厚的沙子，并支起遮阳伞。还必须在一楼地板的下面增加支撑，以承受沙子的重量。糟糕的是，沙子搬进来之后才发现过于潮湿，不得不用强光加热，以减少大大增加负载的潮气。规定的穿着是泳衣（当时才三月份），欢迎全校学生参加。为了造势，校园里贴满了告示，更是安排一架小型飞机，在校园上空低低盘旋，通过扬声器广发邀请。

活动尚在规划阶段时，我就对费用、人力、房屋的滑稽的滥用表示不安。房子虽不是建筑上的样板屋，却拥有二十年代的浑厚、结实、完整，毕竟是我们共同的家园。我向兄弟们保证，像所有人一样，我为熟悉的墙壁之间出现这种情色画面感到兴奋，为巴克内尔女生身穿两件式泳衣躺在沙滩上的图景感到着迷。这在荣誉理事会（由一群受人尊敬的女生组成，审判和处罚同学中的违规行为，如有女生走在校园中，身上的百慕大短裤比规定的短了半英寸）的眼中，已是公然的对抗。我还说，我绝不是赤身露体的敌人，但我要提醒我的兄弟们，等到派对结束，如果这栋房子没倒，又会是一个家，我们会在今后几学期的土豆泥中嚼出沙子。但我遭到了普遍的反对。

认为"沙喷"计划太幼稚、铺张、鲁莽、疯狂的寥寥数人当中，对此最不迷恋的，就是塔什、明顿和我。其时，我们受艾迪生、斯蒂尔、[①] 哈罗德·罗斯[②]的启发，想一年出版四期我们的新杂志，觉得自己简直成了麦克·托德[③]的演艺节目的群众演员。

成群结队的学生来到地下室，将脱下的大衣、鞋、围巾堆成一座小山，然后几乎全裸地上楼，在室内海滩上各就各位。"沙

① Joseph Addison（1672—1719），英国著名随笔作家；Richard Steele（1672—1729），与艾迪生齐名的随笔作家。两人在 1711 年创办了《旁观者》杂志（*The Spectator*）。

② Harold Ross（1892—1951），《纽约客》的创办人兼主编。

③ Mike Todd（1909—1958），美国戏剧和电影制作人，代表作《八十天环游地球》。

喷”计划进行得顺利，既没有倒塌，也没有大学警察的入侵。假如真有意外发生，譬如纵欲式的狂欢，即使没有当局的干涉，出席者的百分之九十（更多）都会离开，改去当地蹩脚的毛毛雨电影院。我和我来自宾夕法尼亚州切斯特镇的女友，也会尾随在后。如果女孩抵达时身穿塔夫绸礼服，佩戴胸花，就像她们在兄弟会的年度派对上通常做的，我们的想象力也许会变得更加丰富。但五十年代的巴克内尔仍盛行对新生的欺侮、强制的教堂礼拜、冗长的仪式、倡导的“问好精神”，离一九六八年的加州伯克利大学和一九七〇年的伍德斯托克音乐艺术节还差得很远，更遑论柏拉图避难所①的空中花园。

像达达主义那样的犹太招揽艺术，要到十年之后才脱颖而出，造就了一批文化和政治上的离经叛道者，以及狡猾的尢政府主义业主——各式各样的恶作剧者，譬如，杰里·鲁宾、阿比·霍夫曼、威廉·孔斯特勒②、芝加哥七被告③、芝加哥七被告的律师、Fug④ 乐队诗人兼《他妈的你：艺术杂志》主要撰稿者的图

---

① Plato's Retreat，纽约著名的性俱乐部，始于 1977 年，终于 1985 年。

② Jerry Rubin（1938—1994），美国社会活动家，反越战领袖；Abbie Hoffeman（1936—1989），美国社会活动家；William Kunstler（1919—1995），美国激进律师，民权活动家。

③ the Chicago Seven，1968 年美国民主党在芝加哥召开全国代表大会（推举总统候选人）期间激烈抗议越南战争的七个人。

④ fuck 的委婉语，出自诺曼·梅勒（Norman Mailer，1923—2007）小说《裸者与死者》（*The Naked and the Dead*）。

利·库福伯格、戏剧《嗨，加尔各答!》的制作人希莱·埃尔金斯、色情杂志《螺杆》的发行人阿尔·戈尔茨坦，更遑论艾伦·金斯堡、贝拉·阿布朱格、兰尼·布鲁斯[1]、诺曼·梅勒和我——但这种招揽艺术，却不是萨米的“沙喷”活动帮助培植的。一种挑衅的肆无忌惮导致了我们兄弟会第一次认真考虑这古怪精灵的计划；但到最后，将之付诸实现的仍是传统守法的兄弟会成员。他们在锻炼自己，将来可在井井有条的美国中产阶级社区中谋求稳定的职业生涯。“沙喷”活动的色情动机可能只是开玩笑的自然流露，与同年晚些时候的校园内裤抢夺战[2]相比，具有更为奇妙的想象力。但确实发生的，只是郊区俱乐部的泳池精神。

事实上，在四月的一个晚上，大一和大二的男生暴徒般地从小山区冲出——希望闯入已穿睡衣的女生的宿舍，偷得她们的内衣——制造了一个比萨米想象的萨德侯爵式场面更为淫乱的版本。这个炫耀式的“沙喷”盛会，由热衷于社会议题的萨米策划资助，是我在刘易斯堡期间向公共礼仪发起的最大胆挑战之一。其产生原因，与其说是后来导致六十年代性解放的性抑制，倒不

① Bella Abzug（1920—1998），美国女性运动领袖；Lenny Bruce（1925—1966），美国讥讽喜剧演员。

② panty raid，大学男生突袭女生宿舍以抢夺女衬裤为战利品的玩笑活动。

如说是引发内裤抢夺战的雄性荷尔蒙在作祟，在当时的我看来毫无意义。

“让我们办一份杂志……猥亵到无法无天……”这句嘲讽式的呼吁来自爱德华·埃斯特林·卡明斯①。我受罗伯特·毛雷尔的影响，开始阅读（并朗诵给朋友听）卡明斯的诗。毛雷尔是英语系的美国文学讲师，很年轻，正在写有关卡明斯的博士论文。与他一起住在刘易斯堡的妻子夏洛特，婚前曾在《纽约客》杂志担任威廉·肖恩的秘书。鲍勃②已拿到蒙特克莱尔州立大学的硕士学位，但威斯康星的博士学位还悬在半空，他的工资大概只有我父亲的一半。而父亲身为一名保险代理人，为了养活我们一家，仍然需要苦苦挣扎。我对毛雷尔夫妇肃然起敬的原因之一是，尽管他们不富有，但也因此获得了令人钦佩的独立，既不受传统的束缚，也不必尽力变成五十年代的波希米亚人。我们的波希米亚人——或刘易斯堡中最接近的人选——是驻校艺术家布鲁斯·米切尔。他教授绘画，喜欢博普爵士乐，爱好喝酒，妻子穿印花长裙。在我眼中，毛雷尔夫妇是头脑冷静的美国人，拥有最大程度的自由，足够体面，但全不在乎自己的地位和外表。他们

① E. E. Cummings（1894—1962），美国著名诗人、画家、评论家和剧作家。
② 罗伯特的昵称。

拥有书籍、唱片、旧车、小砖房，只有很少家具。鲍勃皱巴巴的旧西装，在肘部处打了一个补丁，却不是为了装饰——好像并不在乎他们所缺乏的。他们的安贫乐道看起来那么潇洒，以至于我决定，将来以他们为榜样也做穷人，无论是当像鲍勃一样的英语系教授，还是当一名书好不赚钱的严肃作家。鲍勃是屠夫的儿子，经受过大萧条的磨炼，出生于我家附近的新泽西工业区。他长得清瘦高挑，头颅狭窄，戴椭圆形的眼镜，身上的衣服早有磨损，看上去颇像受过教育的乡下人，犹如舍伍德·安德森小说中下意识为自由而奋斗的农庄男孩。他直截了当的行事方式，似乎也归功于那个开放的空间。大约二十年之后，他受够了教学的烦恼，决定放弃在安蒂奥克学院的教授职位，平日谋生改成为《当代传记》和《原野与溪流》撰稿。到最后，他自愿去智利的穷乡僻壤担任和平队的棒球教练，似乎活得很开心。他一九八三年死于心脏病发作，享年六十二岁。他的儿子哈利出生于我学生时代的刘易斯堡，在葬礼上大声朗读他父亲最心爱的海明威短篇《大双心河》。

夏洛特的古拙朴实毫无修饰，别具一格，因轻微的佛罗里达口音而更受欢迎。她来自一个比鲍勃更为殷实的家境，心思更加细腻。在我看来，她在安蒂奥克学院受到的非正统教育，加上她在《纽约客》杂志的任职，使她格外彬彬有礼。她下巴微突，脸上有几点雀斑，清新秀丽，与她的谈吐一样，颇讨人喜欢。我要到大学毕业之后，在缅因州一个小岛和她一起散步时，才容许自己爱上她。其时，在小岛悬崖旁的原始小木屋里，我与毛雷尔夫妇共度了一个星期。我十八岁那年，能够与他们交朋友，周六晚上去他家听卡明斯的录音，啜饮嘉露[1]葡萄酒，听鲍勃讲述他非犹太人的童年往事，就已经欣喜万分了。他上世纪二十年代和三十年代，在新泽西工薪阶层的城镇罗塞尔长大。

我也向他们畅述自己的童年，我的老家离鲍勃的仅二十分钟车程。他的罗塞尔与伊丽莎白毗邻，我母亲的父母在二十世纪初还是年轻移民时就各自定居于伊丽莎白。英语系另有一对年轻夫妻，叫杰克和琼·惠特克罗夫特，很快也成为我的知己和密友。他们和毛雷尔夫妇一定是最早的非犹太人，听到我以内线人的眼光来描述我的犹太邻居和亲友。我从桌子旁蹦起，模仿我那些形形色色的亲戚，发现他们不仅被逗乐了，还饶有兴趣地鼓励我多多益善。不过，只要我仍在认真阅读从《基涅武甫》到《达洛维夫人》的文学经典——只要我仍就读于一所大学，其犹太学生中的百分之五没给本科生风貌留下丝毫痕迹——我就无法意识到，这些轶事和观察兴许还可成为我的文学素材。其实，它们在我的描述中已染上小说的色彩。托马斯·沃尔夫对阿什维尔的探索，

① Gallo，美国知名葡萄酒品牌。

詹姆斯·乔伊斯对都柏林的开发，都没能向我提供启示：自己的经历原来还可以成为写作冲动的对象。艺术怎可植根于纽瓦克一个狭隘的犹太社区，那里缺乏时间与空间、善良与邪恶、外表与现实的难解之谜？

我款待毛雷尔夫妇和惠特克罗夫特夫妇的模仿有：某人不三不四的叔叔，在暗处兜售赌票；某人油头粉面的儿子，在街头乱敲邦戈鼓；喜剧演员臭小子和矮个子，其在纽瓦克市中心帝国俱乐部的插科打诨，我都耳熟能详。我告诉他们的逸事有：我骄傲自负的邻居“汽水王”，新移民，小个子，婚外情泛滥；我家手脚阔绰的朋友“苹果王”，体重三百磅，胃口惊人——笑话、泡菜、纸牌游戏，任何东西皆可下饭。我写下的故事却只是些小玩意儿，没有具体的场景，涉及多情善感的儿童、少年、青年，挣扎在艰辛生活的重压下，旨在令人“感动”。我懵懵懂懂的，只是想让自己通过小说变得“典雅”起来，得以进入莱斯利大街中低层犹太人闻所未闻的领域。那些犹太人都忙于谋生和养家，偶尔才有一段欢愉时光。在最早期的大学故事中，我只想证明自己是一名犹太乖小孩，这已经够糟糕了；到了今天，我又在证明自己仅是一名毫无特色的乖小孩，那岂不更糟糕。我的故事里没有犹太人，没有纽瓦克，没有一点喜剧色彩——我最不想做的事，就是送给文学的读者一个笑容。我想证明，生活是悲痛伤感的，哪怕自己正感受着生活的振奋人心。我还想证明，我是“富有同情心的”，无害于他人。

在那些大学故事中，我从塞林格那里汲取了露骨的招揽艺术；从年轻的卡波特那里学得了游丝般的脆弱；又以自怜自爱的极端来拙劣地模仿我的偶像托马斯·沃尔夫。这些故事非常天真，犹如普通学生的习作。我很幸运，因为身处像巴克内尔一样的校园，没有另外的文学帮派来攻击我们的小圈子。否则，其成员很容易把我的小说当作手到拈来的讽刺对象。不过，如果确有货真价实的竞争对手，我可能从一开始就不会写出这些无意识的个人寓言。它们只是一些寓言式的表述——因为我突然发现，与我仍是莱斯利大街少年时相比，现在的自己更像是巴克内尔保护伞下的一只蠢蛋，更遑论我的纽瓦克学院时期。其时，我一个来自中低阶层的雄心勃勃的少数族裔，希望寻得好前途，将第二代移民对高等教育的憧憬，短暂地付诸实现。

我从来不相信，自己因为是犹太人而与巴克内尔格格不入。特别是初来乍到时，我知道自己是犹太人，而巴克内尔大学明文规定：超过半数的校董事必须是浸信会的成员；低年级学生必得参与礼拜仪式；拥有最多成员的课外组织是基督教青年会。但是，我参加萨米兄弟会之后不久发现，在萨米成员和基督教青年会成员之间，我没有亲疏之分。那些基督教青年会成员曾与我同住一个宿舍，每天傍晚，我躲在房间内煞费苦心编造故事中那些让典雅成为受害者的符号象征，他们就在房外的走廊上玩触身式橄榄球。我短篇故事中的年轻受害者，都接受过度的保护，在追求所谓的心灵生活。我像那些受害者一样，在现实生活中过于敏感，敏感的起因与其说是宗教上的差异，倒不如说是精神上的不同。这所大学的基调，似乎来自人多势众的商业和金融专业的学生——准备在战后蓬勃发展的商业世界中寻求普通的办公室工作。这有悖于我的文学理想，以及我十四岁读纽约《午报》以来所隐约萌生的对利润动机的反感。从市场的眼光看，吸引我人生追求的都是毫无价值的。我生活在对市场最热心的信徒之中——艾森豪威尔时代初期拥护现状的年轻人——却在心里确认，给生命带来意义的是心灵，而不是钱财，所以刻苦攻读文学批评、现代思想、莎士比亚高级研究、美学。

我一九五二年九月升入大三，接任了《等等》杂志的主编，担任责任编辑的是皮特·塔什，毛雷尔夫妇成了我们的文学顾问。鲍勃是官方的，夏洛特是非官方的。凡熟悉《纽约客》“城中话题”专栏的人，一打开我们的杂志，只需翻阅前几页，就能看到它明显的影响力。我们的“城中话题”专栏是两页诙谐的琐记，取名为“交通线”。我们认为这个标题非常恰当，因为总有工程专业的学生，拿着望远镜在校园的人行道上东张西望。在编辑看来，以第一人称复数开始的故事文雅有礼，总带着滑稽轻松的口吻："当听到有关宿舍检查的新政策时（预备役军官训练团每周都要来检查小山区的男生宿舍），我们期待，校园里将出现'打倒军队'或'我们的房间不欢迎法西斯者！'的标语。""那天我们买到一块未染色的真羊皮，价格低得离谱，才五美元……""倘若你有兴趣，我们一个主修社会学专业的朋友，在那天下午讲了一个故事。他好像是在周日乘坐下午的火车离开纽约的……"有几篇精练巧妙，可读性甚强；另有几篇透出浓郁的淘气和无礼，但没有一篇符合卡明斯"猥亵到无法无天"的呼吁。

按照"我们"的判断，猥亵的反而是学生周刊《巴克内尔人》，我们的《等等》只想提供一个成熟老练的选择。十多年后，持不同政见的学生，为了反对官方倡导的校园价值，会在自己的出版物中提倡低级趣味和违法行为；而五十年代初，我们在"交通线"文章中热衷于显示自己的智慧和魅力，已是巴克内尔事实上的持不同政见者。我们摆出类似《纽约客》的姿态，目的是想提高而不是降低我们学校的格调。实际上我们当中没人期待这份杂志还会有其他创举，除了让人们看到学生集体和我们在感性上的差异之外。英语教授们把我们当作宠儿，教我们享用像"感性"一样的字眼，很快影响了这份杂志的风格。对我来说，这些差异至少反映了美国民众的分裂，一边是投票给阿德莱·史蒂文森[1]的文明少数，另一边是压倒性选艾森豪威尔当总统的庸俗多数。

史蒂文森竞选失败的第二天，我在哈利·加文教授的英语二五七班上（莎士比亚少数几部戏剧精读课）站起来发言，以解说《科里奥兰纳斯》[2] 中暴徒一节为借口，痛斥美国公众（同时也暗指巴克内尔的学生集体，其中大多数青睐艾森豪威尔）不要睿智政治家，宁选战争英雄。加文的目光暗示我离题太远，也许出于相似的失望，他竟让我不停地讲到底。大多数的莎士比亚学生，对我的长篇演说，要么感到有趣，要么觉得无聊。我确定自己是正确的，一个鲁钝的美国就是我们的命运。我坐下来思索，尽管教室中有明显的共识，危险的傻瓜却是他们。

除了这一次爆发，我从来没想到在《等等》的社论中发表对史蒂文森的赞同，杂志第一期正好在一九五二年十月的总统竞选高潮中问世。它有“更高”的宗旨，即文学的宗旨。而且，学生刊物支持公职候选人当时还不是惯例。一年后，该杂志发表了我在暑假写的“散文诗”，整整一页。那是一位懦夫的独白，既不

---

① 指美国政治家 Adlai Stevenson Ⅱ（1900—1965），以其辩论技巧闻名，曾于 1952 年和 1956 年两次代表美国民主党参选美国总统，但皆败给艾森豪威尔。

② *Coriolanus*，莎士比亚以古罗马大将科里奥兰纳斯（Coriolanus）因骄横而导致灭亡之一生为题材所写的历史悲剧。

敢透露姓名，也不愿对麦卡锡主义表示公开反对，没引起什么反响。所以，即使《等等》发表了支持史蒂文森的社论，很有可能也是打空炮，不会惊扰任何读者。但在当时，倘若我真有此想法，我肯定会假设，这有违大学刊物理事会的规定。没过多久，我还真的与它起了冲突。我在支持共和党的刘易斯堡，佩戴支持史蒂文森的纽扣；后来在麦卡锡听证会期间，又在午餐时间离开小山区，来到毛雷尔夫妇的住处。根据夏洛特·毛雷尔的回忆，我在客厅里踱来踱去，一副怒目而视的神情，与鲍勃一起自收音机收听实播。然而，这已是我与政治发生瓜葛的极限。

我在一九五二年十月确实写出一篇社论，其节奏展现了我辩论风格的“循序渐进”，现在回顾起来，真还有点像初露锋芒的肯尼迪演讲稿撰写人，其结论是“不要让我们这一代等待太久”。这篇社论向我的同时代人发出哀歌式的呼吁，要他们放弃“高中价值观”和“只在乎橄榄球—衣服—汽车—约会—青春痘的思路”。其实，这也是我有关错位和替代的寓言；只不过，这个版本的居高临下较为隐蔽，它的嬉笑怒骂较为收敛。社论虽然天真幼稚，却在吁求强大负责的成熟。比之写小说的我，喜欢让做作的柔情与自己的男子气概合二为一，这已是一个进步。

《等等》的年中社论是温和的，但充满信息，旨在讨人喜欢——述说《等等》之前的巴克内尔文学杂志的历史。它始于一八七〇年，中间有盛有衰，其简洁的结尾引述了斯科特·菲茨杰拉德的文字。“斯科特·菲茨杰拉德是怎样说的呢？‘于是我们奋力向前，逆水行舟，被不断地向后推，被推入过去。’[①]”一九五三年春季出版的第三期，让刚满二十岁的我恶名远播。当时的我，脚穿脏兮兮的白皮鞋，却又名列系主任的优秀学生名单，名声跌至无法再坏的地步。我因这篇文章而被认为是大学的危险敌手（也许只是我的想象），不再偷偷拥有足够的“高中价值观”，不再想博取他人的欢迎和尊敬。在我和《等等》同仁的眼中，《巴克内尔人》象征的就是低俗的校园热情，让我们感到别无选择。我以前一直采用自保的写作手法，以掩饰自己遭受冷落的感受，现决定予以放弃，改推这篇极具讽刺的社论，来攻击该周报和其主编芭芭拉·罗默的平庸。罗默小姐来自新泽西的斯普林菲尔德镇，颇受欢迎，非常随和。她是德尔塔[②]姐妹会的副主席，又是啦啦队队长。一年前我——仍是萨米，仅有文学小圈子之外的社会身份——想和两名漂亮且个性鲜明的女孩约会，却都没有成功。她们是啦啦队的成员，其美国名字很普通，在我耳中却充满了异国情调。读者可以自由想象，我对芭芭拉·罗默的敌意，到底有多少应该归罪于我当年追不到安妮特·利特菲尔特或帕

① 译文出自《了不起的盖茨比》（上海译文出版社，2009 年 11 月）。
② 原文为 Delta，即希腊字母 Δ。

特·麦科尔。

我的攻击是这样开始的：“有一种理论称，假如把一千只猴子拴在一千台打字机上，若干年之后，它们也能写出人世间所有伟大的文学作品。如确是如此，那到底是什么在拖《巴克内尔人》的后腿呢？我们并不指望罗默小姐和她的伙伴将写出伟大的文学作品，毕竟她们不是猴子，但我们仍盼望她们写出一份报纸。”杂志的中间插页是对报纸头版的一个讽刺模拟，嘲笑《巴克内尔人》的社论和无新闻价值的新闻专栏。比起那个出口伤人但文法不通的主编，插页的作者似乎具有更巧妙的进攻技能。我当时并没有想太多，只是从我情有独钟的模仿套路中，信手拈来一个比青少年义愤更为大方得体的生花妙笔。我转愤怒为表演，以模拟的头版为舞台，让自己在喜剧捣乱方面的才华得以施展。

我向无害的巴克内尔机构发起连续的进攻，从而受到男生部主任玛尔·马瑟的告诫，受到大学刊物理事会的公开批评。此外，《巴克内尔人》的责任编辑雷德·麦考利来敲我宿舍的门，一边双拳紧握，一边告诉我，我对芭芭拉·罗默的攻击是自掘坟墓。我们在门廊上针锋相对，但麦考利的举措大体上是出于侠义，与我一样，其实并不想真正动手，所以终究没有挥拳，白白浪费了我的肾上腺素。马瑟主任跟我提起过“传统”一词的涵义，并援引“巴克内尔精神”。我以前在公共场合多次听闻他对这些主题的阐述，所以听完他居高临下的告诫之后，全无受伤的感觉。大学刊物理事会的批评会很可能更难挨，因为我竟记不得一鳞半爪，最近经以前老师提醒，才相信它确实存在。她叫米尔德里德·马丁，那一年恰好是我写作辅导课的老师；她后来为大四学生开的荣誉研讨课，更成了我本科教育的支柱。几个月前，米尔德里德——年届八十三岁——应我的要求寄来她一九五三至一九五四年有关荣誉研讨课的日记，并附上名为“回忆”的几条笔记。有一条笔记写道：“罗斯被叫去接受训斥，因为有一期《等等》讽刺了《巴克内尔人》。之后他来见我，愁眉苦脸的。我告诉他，美国任何一位讽刺作家都免不了被人批评。”我读完后，打电话告诉身在刘易斯堡的米尔德里德：三十四年后在自己康涅狄格州的工作室，我实在忆不起大学刊物理事会的批评会和她的安慰。她在电话中告诉我：“哦，那是确实的。你来我家时，几乎都要掉泪了。”

大二的第一个假期，我在父亲雪佛兰车的后窗上贴上了两个透明标签——一个是我新大学的名称，另一个是我兄弟会的希腊字母缩写——过了一年，我又用剃须刀将它们全部刮掉。我那开干洗店的叔叔喜爱嘲讽，看到透明标签后，就叫我“乔学院”，之后好像没注意到它们的消失。在他眼中，我一直是乔学院，直到我一九五六年退伍，在芝加哥大学找到一份教新生写作的工作。从那时起，我又变成了“教授”。其实早在一九五三年九月，我二十一岁返校攻读大四时就已呈现出教授的雏形。那之前的几个学期是多事之秋，几乎所有人都愉快接受的东西，我却要跳出来公开反对。但我已超越了自己，摇身一变，成了荣誉研讨课上热心踊跃的学生。这是一门艰深的荣誉课程，持续两个学期，共值十八个学分，由米尔德里德·马丁主持——“英语文学从古到今的独立阅读”。该课的必读清单野心很大，每周至少两本，外加艾伯特·鲍的《英国文学史》中五十页的详细内容；此外，每周还要写一篇长篇评论；每一个字，不管是课堂上的发言，还是交上的作业，都要接受马丁小姐基于精确和常识的审议。她是中西部人，直言不讳，脚踏实地，留灰色短发，戴无框眼镜。她清脆的笑声、不喜挑剔的性格、扎实的学识，使她成为我需要的仁慈严师。荣誉研讨课的学生最多时有八人，四男四女；但主宰讨论的往往是《等等》的编辑人员——皮特·塔什、迪克·明顿、我，有时甚至显得有点肆无忌惮。

那年秋天的每周四上荣誉研讨课，从下午一点半至下午四点半，地点在米尔德里德与她的教师朋友哈罗德和格拉迪丝·库克合用的客厅。那栋十八世纪的房子外饰白色护墙板和黑色百叶窗，房前有灌木小篱笆，坐落在南前街上，离小河很近。我们聚会的房间里有不错的老壁炉、旧地板上破旧的东方地毯、好几书架的藏书。年轻的内森·祖克曼在《鬼作家》中，默默思忖作家洛诺夫在新英格兰农舍的客厅。像他一样，我也会在天色渐暗的下午坐着默默思忖——皮特、迪克、我在辩论，都想以自己的“独具只眼”来战胜对方——并自言自语：“这就是我将来的生活。”我取得博士学位后，将成为一名教师，以读书和写书为生；之后，就会在这样一所房子中与我的学生们相聚。与小说家的生涯相比，当一名英语教授似乎有更为切实的前景。我会是一个穷光蛋，却是纯正无瑕的，在抵制艾森豪威尔兴旺的猪天堂中，既像一名文学牧师，又像一名知识分子。

这里有两段米尔德里德·马丁当年的日记，外加她的一条回忆笔记。

一九五三年十二月二十一日。与罗斯和明顿相比，我二十一岁时还只能算是一个孩子。我很满意这两个男孩，蒂尔顿也做得很好。苏西·克里斯没来上研讨课已有三个星期。本德尔夫人已经退课，她听到罗斯有关《菲恩斯伯格的战役》[①] 的论文后泪流满面，感叹自己差得太

① *The Fight at Finnsburgh*，盎格鲁-撒克逊的英雄史诗，共50行诗句。

远，逃到厨房一角的就餐处，仍可听到争论。有一次，她回来说“我知道这道题目的答案”，作出正确回答后，又一次消失了。

一九五四年四月二十三日。今天提早放课，女生们很快离开，但四个男孩还是坐着不动，我们相处得很愉快，一直待到下午四点半。然后，罗斯进来谈论他在斐·贝塔·卡帕协会①上的发言。来了一位图书销售员，男孩们只好回避。等图书销售员走了，罗斯和明顿重又回来。

回忆。文学图书馆（第二学期的聚会地点）里有一个非常兴奋的讨论，有关《驶向拜占庭》② 尾声的“金鸟”。它的出现是否妥善，罗斯和明顿对此有不同的意见。他们都站了起来，摩拳擦掌。塔什显得很高兴，在一旁怂恿他们。最后，我不得不要求他们坐下，真是一次独特的体验。

教室已变成我的舞台，取代《等等》杂志，成了我自主发明

① Phi Beta Kappa Society，美国优秀大学生荣誉组织，成立于 1776 年。

② *Sailing to Byzantium*，爱尔兰诗人威廉·叶芝（William Yeats，1865 – 1939）1928 年发表的诗篇。

的实验室，同时也挤走了学生剧团“冠帽与匕首”。我曾在该剧团雄心勃勃的学生演出中扮演配角，譬如《俄狄浦斯王》《丑闻学校》《推销员之死》，给这些角色带来了更多的无耻。到大四那年，我对自己成为演员，甚至比成为另一个托马斯·沃尔夫，抱有更为渺茫的幻想。“冠帽与匕首”和《等等》一样，好比一个替代家庭，取代了我早已退出的主流兄弟会。它是一个受人尊敬的组织，其顾问是校园里最受欢迎的教师。大多数学生演员只是普通的外向的孩子，意欲获得一个愉快时光；怀抱同样心愿的，另有几个稍微不正常的类型。此外，还有几个艺术人才，以及与校园生活格格不入的学生。我有时陪他们去镇上喝啤酒，或在男生食堂一起用餐。

我就是在“冠帽与匕首”觅到了我稳定的女朋友波拉·贝茨。她又叫波莉，傍晚来巴克内尔礼堂，或观看排练，或帮忙提示台词，或承担像是导演助理的角色。我大三时，她作为转校生来我校，也读大三。她和朋友马戈·韩德住在法语系宿舍，合用一个房间，是我所知道的最成熟老练的女生，又特别喜爱讥讽。她从小接受良好教养，是一名退休海军军官的女儿，烟不离手，喝马提尼。我们第一次见面时，她的马提尼让我联想到她的老于世故。她身体娇弱，金发碧眼，并非传统意义上的漂亮姑娘，因为表情中流露出的些许困惑，在我看来，这见证了她身上两种性格的勉强交叠。一方面，她聪明、独立、实在，把我数月的表态和求爱一直当作难以理解的滋扰（不要再虚度光阴）。另一方面，她细腻、善良、热情，因父母的离异和父亲的惨死，而极度敏感于我们邂逅所燃起的激情。

征服波莉的怀疑态度之后，又遇上了何处做爱的难题。有时，我们为毛雷尔夫妇和惠特克罗夫特夫妇看孩子，会擅自借用他们的床铺；也会锁上宿舍洗衣房的门，双双躺在冰凉的地板上。放假回到新泽西后——她与她的母亲住在斯科奇普莱恩斯——我会借来父亲的车，特意停在黑暗中的偏僻街道。还有一次复活节，有人将自己的纽约公寓借给我们用一个下午。我们尽情享用这坐落在大城市的遁世幽居，油然而生自由和私奔的感觉，在这阳光灿烂的房间里竟一丝不挂。一九五三年夏天，我们在波科诺斯我曾上过班的犹太夏令营找到一份辅导员工作，一旦夜幕降临，便双双潜入树林。我们必须一次次克服激情路上的障碍，我们的情色生活连同其全新的纯粹快感，带上了某种暗地通奸的辛辣意味。经受了这么多戏剧性的隐瞒和保密，我们不仅是恋人，而且变成了最亲密的同伴、最忠实的朋友。

我大四那年向镇上老寡妇内伦白克夫人租了一个房间。她一头白发，面目慈祥，是非常虔诚的基督徒，如果我没记错，还是一位革命女儿。她简朴的白色护墙板房子坐落在街道的一角，离女生宿舍的四方院不远，屋内铺有厚重的旧地毯，软垫家具都配有椅套和手臂垫布。房子灰暗安静，散发出一种密不透风的气味，尚不难闻。租给我的房间正是我所渴求的，既可当作学者的幽静书房，又可成为即兴的爱巢，供波莉和我悄悄挤上它窄窄的单人床。我在租房时即被告知，异性只能在周日出现，我可以把未婚妻带来喝茶，但通向走廊的房门必须敞开。这个房间曾是一个前厅，紧挨一楼的大门，两边都有窗，窗外是一个夏天纳凉的门廊，走下几级楼梯就可直达宁静的街道。内伦白克夫人睡在房子的后半部——管家也是，她头脑简单，老是微笑着哼唱幼稚的小调，手拿鸡毛掸子在房子里转来转去——另有两个房客（其中之一是皮特·塔什）住在楼上。在我看来，让波莉潜入的机会比比皆是。内伦白克夫人带我看了房间后，问我是不是亚美尼亚人，我回答说不是。过了几晚，我从图书馆回来，发现房内梳妆台上有个盘子，上面摆着一只苹果和一块饼干。当苹果和饼干不断出现时，我知道有麻烦了。我如径直告诉她，不要擅自进入我的房间，她会生疑，甚至误认为我吃了她的东西还不领情。波莉的潜入既然已经开始，等到楼下灯火全灭之后，我又如何能够阻止波莉进来？

搬进来几个月后，有一天，我正要回自己的房间，内伦白克夫人把我叫到一旁说："一九三九年，曾有一个犹太男孩住在这儿。”我不知如何作答，只敷衍说“那是很久以前的事”。她又说：“阿瑟·施瓦茨，他是最乖的男孩。”我进了屋，把门关上，心想她已心知肚明。这不是指她知道我是犹太人，而是指她知道我不是完全无害的，即使《等等》杂志的读者还蒙在鼓里。

第二学期开始的几个星期后，我俩被逮个正着。一个星期天的晚上，我原以为内伦白克夫人要去十英里之外的米夫林堡探亲，她以前经常有如此的安排。但很明显，她只是到镇上逛了一圈，坐她儿子的车出去才一个多小时就回了家。我的百叶窗已关上，整个房间漆黑一团（从里面锁上），波莉和我都躺在床上。内伦白克夫人的汽车，出乎意料地突然返回；她走进房子，脚步声在走廊上响起，就在我的房门之外。我俩赶紧起床，在黑暗中摸索着穿上衣服。然后，巴克内尔最老练的一对本科生，与这位从没离开尤宁县的老寡妇展开了一场智斗。我示意波莉躲进床底，直到我给她一个安全信号。接下来，我找到一件外套，抓起一本书，开门从我黑暗的房间步入走廊。我的计划是先确定周围没人，再由前门走出房子，从门廊那里悄悄打开窗户，让波莉逃脱。然而，我一步入走廊，就发现内伦白克夫人凛然站在眼前，连外套和帽子都没脱下。我吃了一惊，但她一脸严峻。我一边快活地说“晚上好”，一边关上身后的房门，不敢上锁，以免露馅。她没有移动的迹象，我只好继续向前，走出前门后，朝校园漫步而去，一书在手，好像这一切都是我的既定意图。

几分钟之后——我有点不知所措，只是在漫无目的地闲逛——看到波莉朝法语系宿舍跑去，她泪流满面，几乎说不出话来。原来，内伦白克夫人一俟我从她视线中消失，马上打开我没敢上锁的房门，开灯后径直走向小床，一边说“滚出去，你这贱货”，一边以脚探床底，波莉双手捂脸，从藏身之处爬出，迅速逃离房间。内伦白克夫人跟她跑到门廊，威胁说要让学校将我开除。

那年是一九五四年，地点是宾夕法尼亚州的中部，她并不是在虚张声势。我把波莉送到法语系宿舍，赶紧跑回去，看到内伦白克夫人正在用走廊上的电话拨号。我知道，她是想找男生部主任，由于我对《巴克内尔人》的攻击，他本来就不是我的朋友。我坚持要她与我先谈，内伦白克夫人便放下电话说：“因为这件事，我可以让学校将你开除。”我大声回答：“但你无权如此吓唬一个女孩子!”我是在虚张声势，但除了施以恐吓，我不知还有什么可做。与此同时，我看到自己的生活，乃至波莉的生活，将会变得一塌糊涂。我打算否认躲在房间里的是波莉，但心里明白，学校当局会把她带来让内伦白克夫人辨认。到头来，我不仅会毁掉自己的前途，而且会毁掉法语系一名优秀学生的。波莉像我一样，早已计划在九月就读研究院。

到了二十世纪六十年代中期，我才利用这一痛苦且可笑的情节，作为小说《当她是好女人的时候》的一个场景。小说中的年轻人罗伊·巴萨特和露西·尼尔森来自外省的小镇，与波莉和我几乎没有共同之处。如果一定要说有的话，那个中西部醉汉的女儿露西，与喝马提尼、来自斯科奇普莱恩斯的波莉相比，心存更多的愤怒，以克服自己的羞耻；至于随和、消沉、无精打采的罗伊，根本就无前途可言。而我俩遇上的，含有截然不同的意味。我们的故事是：两个聪明乐观的年轻人，在大学里成绩斐然，怀有美好的期望，由于违反了管束他们性生活的戒律，而在不可思议的权威面前束手无策，像罗伊和露西一样。

我在毛雷尔夫妇家睡了几晚，等待男生部主任的召唤，担心自己拿不到毕业证书就被遣送回纽瓦克（个中原因正是父亲所一直担忧的）。结果什么都没发生，我接受鲍勃·毛雷尔的建议，悄悄回到自己的房间，继续在内伦白克夫人家的日常生活。没人提起这一事件，我也没有让波莉再来，哪怕是伪装成未婚妻来喝茶。之后，我一直弄不清楚，内伦白克夫人为何没将威胁兑现——可能是她不愿损失剩下的租金收入，因为第二学期已经开始，很难找到取代我的新房客；可能是这位信教好人的积善成德；可能是巴克内尔一九三九年学生阿瑟·施瓦茨给我带来了好运。

那年春初有将近六个星期，我们一直以为波莉怀孕了。如果真是，我们别无选择，只得放弃研究院，结婚，留在巴克内尔充任领薪的助教。我俩相爱，又是教授们的宠儿，刘易斯堡的生活低廉单纯，我们甚至还可以读个硕士。不过，第二个巴克内尔的学位并非我们所企盼的。我已申请去牛津或剑桥大学，作为富布赖特或马歇尔奖学金资助的学者。万一两个都不成——我想是不可能的，因为我的成绩在班上名列前茅——我还向三所美国大学送去了奖学金申请表，其中一个就是波莉计划读博士的宾夕法尼亚大学。现在好了，我们目瞪口呆，很有可能在巴克内尔无限期地逗留，与头发稀疏的退伍军人及其妻儿——还有我们自己的孩子——为伍，在大学附近的巴克内尔村安家。几个月前，我们同样目瞪口呆，担心我会因道德沦丧而被开除。

我俩定期在男生餐厅一起吃晚餐，并不隶属于任何姐妹会的女生也会来此就餐。波莉通常先到，在门口等我。我们傍晚见面时，她会摇头，表示她的经期还是没来。我们一边吃浓汁瑞士牛排和土豆，一边讨论这突如其来的前景：一对已婚夫妇带着一个孩子，手头拮据。我听说，当上父亲的话就不再面临征兵，但读完研究生之后，必须去步兵部队当两年列兵（我和军事科学与战术学系的上校关系不错，但为了反对校园军事训练，还是退出了后备军官训练队。他曾鼓励我去加入韩国战后的陆军运输队）。

我们试图苦中作乐，从中寻找安慰。教师们组成的社交小圈子，活泼欢快，是我们所喜爱的；毛雷尔夫妇和惠特克罗夫特夫妇肯定是我们的好朋友，乐于助人，年纪比我们大不了多少，各自带着自己的孩子。尽管处境不妙，有瓮中之鳖之感，但这似乎是对我们成熟程度的考验，所以决不能低头投降；我俩都没有去想其他的出路，至少是在当时。

波莉后来发现并没怀孕，那是我该学期遇上的第二次大赦，给我们带来了巨大的解脱。对我来说，这又是我们风流韵事行将结束的开端。我侥幸逃脱了过早的家庭和伴随的责任，便愈加放纵于自己对情色冒险的梦想，非单身不可。我十八岁时，远离了父亲的约束；十九岁时，远离了犹太兄弟会毫无意义的从属关系；二十岁时，远离了学生社区平凡的温馨，甚至开始走出自己在道德说教上的条条框框。现在二十一岁，我不愿接受一夫一妻制的排他性限制。本来最简捷的方法是获得奖学金，前往英国进修文学。我俩都同意那是我无法拒绝的。巴克内尔的另外两名毕业生拿到了富布赖特奖学金，我却两手空空，国外进修的梦想因此泡汤。然而，波莉已决定前往的宾夕法尼亚大学愿意向我提供全额奖学金。此外，还有芝加哥大学研究院的奖学金。让波莉感到惊愕——甚至我自己也有同感——我竟硬下心肠，选了芝加哥大学。

毕业后的一个夏天，我俩在纽约共进午餐，结果竟在宾州车站发生了争执。我最终吐出了真相——像我当初攻击《巴克内尔人》一样，采用尽可能委婉的技巧：我已爱上另一个女孩，她是我在纽瓦克日间夏令营遇到的，我将在那里一直工作到芝加哥大学开学。我唯一一次再见到波莉已是两年后——她未来的丈夫杰弗里·林德奎斯特也在场，他是宾夕法尼亚大学的地质学教授，长相英俊，风度翩翩——我们不约而同地前去探望身在缅因州的毛雷尔夫妇。她第二年就嫁给杰弗里，最终成为纽约大学的法语教授。她一九七九年因癌症去世，年仅四十七岁。数月后，我回到巴克内尔大学接受名誉学位。在刘易斯堡的两天与名誉教授米尔德里德·马丁住在一起。她在学位授予仪式上身穿学术长袍，陪伴我走上主席台。我特地去看内伦白克夫人的家，审视通向我一楼房间的门廊窗户。毋庸赘言，它们要比我记忆中的更少、更小。从这些窗户中爬进爬出，永远都不是一件轻而易举的事。

我梦想中的女孩

我注意她很久了。那天晚上，我在芝加哥的大街上推销自己，劝她陪我去施坦威大厅的药店喝咖啡。那是大学人士经常光顾的场所，离她家仅几个街区。不管是出于羞怯，还是出于处世的态度，我以前从没如此公然地搭讪。与其说我是命中注定要这么做的，倒不如说我已下定决心——既是我文化上的倾向，又是我心理上的决断——邂逅这位似乎是某种原型化身的女子。

一九五六年十月，我还不到二十四岁，已服完兵役，在一份小型文学杂志上发表的第二个短篇故事刚被选入玛莎·弗利的《一九五六年美国最佳短篇小说》选集。我是芝加哥大学的讲师（又是博士候选人），身上穿的是棕褐色的格子花呢西装。那是我以退伍遣散费在布鲁克斯兄弟的大学店里买的，为了与我写作课的学生见面。我刚离开四方院俱乐部欢迎新教师的鸡尾酒会，肚子里尚有四或五盎司的波本威士忌，正点燃我心中的欲火。我的信心爆棚，自由自在（“……他们喝醉了酒，年少气盛，才二十岁……相信自己可以永远不死。”——托马斯·沃尔夫），在伍德沃思书店门口把她拦下，跟她搭讪起来：“你一定要陪我喝一次咖啡——我了解你的一切。”“是吗？有什么需要了解的？”“你曾是戈登的服务员。”戈登餐厅是另一个大学人士聚会的场所，就在伍德沃思书店的隔壁。她回答：“真是我吗？”“你还有两个小孩。”“是吗？”“你来自密歇根。”“你怎么知道的？”“我打听了。有一天在戈登看到他们，一男一女，大概八岁和六岁。”“你为什么要费心记住这一切？”“你似乎太年轻，不像那两个小孩的母亲，于是我问了旁人。他们告诉我，你已离婚，还告诉我，你曾是这里的学生。”“时间太短，没学到什么东西。”“他们告诉我，你的名字叫乔西，我一九五四年来到这儿读研究生。”我还告诉她：“我曾在戈登吃午餐，我和我的朋友就是你招待的。”她说：“恐怕我没有那么好的记性。”我回答：“但我有。”我坚持不懈，用尽我的灵敏机智，固执地相信自己攻无不克，终于得到她的让步——之后我很难再让她妥协——陪我走下一个街区，在施坦威大厅的橱窗摊位坐下。就在那里，已出版小说的年轻讲师展示着他全部的才具和优雅，乔西虽感到滑稽好笑，心里却是美滋滋的，只是说——对自己魅力的嘲讽式暗示——实在弄不懂我为何变得如此热情。

但在当时，我几乎对一切都满怀热情；尤其是那个晚上，我的热情几乎到了极限。我在教师俱乐部的派对上喝了波本威士忌；在大学新教师中，我是最年轻的，甚至可以说是最幸福的。如果她不理解我的热情，那是因为我二十三岁时所体验的迷人原型的魅力，对二十七岁的她来说，反而是她一切挫折的总和。我眼中的异国情调，并不全在她原型的金发碧眼中，尽管她的确是蓝眼睛金头发；她具有方形对称的脸庞，不管遭遇了多少激烈争斗，戴上绒线滑雪帽后，看起来仍像是一位少女或假小子。我眼中的异国情调，也不在她原型的非犹太人外表，尽管她的确是非犹太人的长相，且带有政治家的神态，与波莉飘逸的风采大相径庭，波莉有着马提尼式的老练世故和细腻的嘲讽。我眼中的异国情调，更不在她的美国性，尽管她的言谈、穿着、礼貌可让她成功顶替美国电影中任何一位活泼女星；她可以是安迪·哈代①的朋友，琼·阿利森②的同学，跳上卡尔顿·卡彭特③的老爷车，前去参加高中毕业舞会。事实上，她只是一个小镇醉汉的愤怒女儿，但这丝毫没有减弱她的美国性。她饱受残酷的性爱记忆的困扰；因对自己出身的不公平抱有不可磨灭的愤懑而感到压抑；由

① Andy Hardy，美国家喻户晓的系列电影人物。
② June Allyson（1917—2006），美国电影女演员。
③ Carleton Carpenter（1926— ），美国戏剧、影视演员。

于最开始的过失而动辄受阻，冲动之下又会求助于不顾一切的奸诈。她这个金发女主角，与其说出现于米高梅公司的阳光梦幻大片，倒不如说更吸引英格玛·伯格曼[①]的关注。

挑逗我性幻想的，并非她身为雅利安人而非犹太人的原型——巴克内尔大学有数百名女子，一样的原型，并没有勾起我的兴趣——当她仍是刚离婚带俩小孩的服务生时，当我还是芝加哥大学研究生时，在戈登餐厅，我就觉得她是那个世界的受害者，虽有基于社会生物学的好出身，却成了一无所有的难民。根据新老世界的种族神话，我的出身，即使不算低人一等，也是在她之下。如果她的父亲在大都会人寿保险公司上班，他便有望升作代理人主管，甚至还可梦想成为总裁。而我的父亲认为，他别无选择，只好去冒自主创业的巨大风险——结果走霉运，差点全军覆灭——因为这世界上最大的金融机构，一方面声称它的廉洁之灯从不熄灭，另一方面却认为像父亲这样的人最好还是担任公司的低级职务。事实上，她英俊的父亲名叫斯莫克·詹森，高中时还是运动员，却从没能长期胜任某项工作或放弃酗酒，最终因盗窃罪在佛罗里达监狱服刑。而我的父亲，既缺乏教育，又受犹太背景的限制，单凭他奴隶般的勤快和百折不挠的野心，在保险

---

① Ingmar Bergman（1918—2007），瑞典著名电影导演。

公司爬上管理的位置。这个位置在公司整个组织体系中虽微不足道，却代表了个人意志对体制偏见的胜利。斯莫克·詹森作为父亲、员工、丈夫、公民的记录，在很大程度上让乔西感受不到家庭荣誉感，也毫不依恋从小长大的家乡。她漂泊不定，对自己密歇根的童年痛感疏远；此外，她身为妻子和母亲的近期考验，又遇上了粗暴模糊的中断；在芝加哥大学一学期半的学习无法帮她找到像样的工作，另外还有累积下的债务。这一切使婚姻结束后的她，一直在担忧自己何以安身立命。她可算是北欧裔美国人脚踏实地的具体化身，但扎根在她内心深处的，是对过去的仇恨和对未来的恐惧。

如果说我们两家悬殊的禀赋与古老的种族神话不符，它却与我有关人类分支的感觉相合。那个感觉源于我讲意第绪语的祖辈的信仰，很简单，将之归咎于犹太人的强大内心和非犹太人的腐败恶习。这些不谙世事的新移民以及他们的祖先，在俄罗斯和波兰的农民中间，亲身体验了暴力、酗酒、野蛮道德。不像他们受过良好教育的美国子孙，他们想象不到，这其实在文化意义上很有启发。朴实的非犹太人血统的女性标本，被不负责任的父辈教养摧残；根据她最终的断言，其中不仅涉及酗酒和轻罪，还有几乎得逞的猥亵幼女。对他们来说，这一切似乎都在意料之中。发现这个离异女人的子女在忍受同样残酷的童年，他们不会有人类学上的困惑；听闻她非犹太人的丈夫（按照乔西可疑的证词，他的“恫吓”让她第二次怀孕，他的“不负责任”让单身大学新生的她第一次怀孕），把非犹太人的她的非犹太小孩“偷走”，送给千里之外凤凰城的亲戚抚养，他们更加确信非犹太人家庭的野蛮残暴。尽管她振振有词，说自己又一次在坏蛋手中受害，我的祖辈可能会推测，该女子已发现在情感上无法承担母亲的职责，遂决定让孩子另找生路。在他们看来，她就是传说中故国的女巫，其兽性的遗传注定她要摧毁手无寸铁的犹太人所尊崇的人类每一个温柔美德。

她疯狂的内心以及金发碧眼的外表——在我祖辈看来，乔西成了他们最可怕噩梦的化身，而不是美国原型的化身。恰恰因为这一点，他们的美国孙子却临危不惧，拒绝像一名新手，怀揣旧世界的恐惧，反射性地仓促逃命。与此相反，我很高兴通过这次机会，亲自品味美国现实和犹太小镇的差异，克服我们族人本能性的反感，证明自己超越了犹太人的迷信。像我这样的民主开明人士，在这求同存异的美国，不会把这迷信当作一回事。在情色战场上，如能驯服一名像我这样的男孩不幸遇上的最可怕女子，就更能证明自己已克服了犹太人的担忧。对贫民窟犹太人心态来说，这可能意味着一个巨大的威胁；对我来说——我有英语文学硕士学位和新的西装三件套——这更像是一次激动人心的美国爱情探险。你如想远离加利西亚犹太人的恐惧，芝加哥的海德公园便是最理想的环境，它提供智力的探讨和安全的学术氛围。

乔西白天在社会科学系担任秘书。她很喜欢这份工作，让她有机会接触尊敬的来访学者。譬如，法兰克福的社会学家麦克斯·霍克海默尔就喜欢她的陪伴，有时带她共进午餐，或拉她去教师俱乐部喝上一杯。她与像系主任助理露丝·丹尼这样的成功女性走得很近，非常钦佩后者的专业成就。尽管她有点伤心地觉得，自己落后太多，根本赶不上仅比自己年长十岁的丹尼。这项工作给了她很大帮助，帮她调整心态，适应新的生活。她失去孩子后，经受了一段几近崩溃的疯狂期。我们相识成为恋人时，她正开始进入一个新阶段。那是她自十年前中止大学生活以来最充满希望的阶段，确信自己已逃离密歇根的安全港和威胁要摧毁她的一切。

我回到芝加哥后，先住在神学院宿舍，再搬去离校几个街区的小公寓——带厨房的小房间。我每个工作日的上午八点半到十一点半去学校教写作，每周两个下午去英语系研究院上博士课，在剩下的午后时间，挤坐在公寓中光线最充沛的餐桌旁，使用好利获得公司的便携式打字机创作短篇小说。到晚上，我步行去乔西颇为宽敞的火车车厢式公寓。它坐落在一栋古老建筑物中，离伊利诺伊中央铁路的轨道很近。我随身带上大一学生们的论文，共进晚餐后，便在客厅里修改和打分，她则忙着铲除壁炉架上的层层旧漆，直到看见松木的本色。我想她还是很有勇气的，每天在办公室上班，回家后还要在厨房里铺设新塑胶地板，在浴室里剥下旧墙纸。我也佩服她的进取精神，为了减轻公寓——她说必须够大，以便在亚利桑那学校读书的子女前来度假——的负担，她把后房分租给了一名无忧无虑的早期嬉皮士。她是芝加哥大学的肄业生，不幸的是，并不是永远缴得起房租。对我来说，乔西的公寓以及她对此的规划，使她成为海德公园低收入生活的代表，与我非常意气相投。它混合了两种形态，一是社区内稍稍混乱的放荡不羁的生活方式，在不知不觉之中形成；二是追求惬意家居的普通资产阶级口味，舒适地坐下听音乐，看书，与朋友一起喝廉价葡萄酒。在那些岁月里，我们的熟人中没人想要电视机，却有一半的人在玩录音机。

在乔西公寓中度过的夜晚显示，我在二十三岁时已胜利实现自己十八岁离开纽瓦克、改读巴克内尔的夙愿（尽管事实上，除了入伍一年，我从五岁起就一直是在校学生）：终于成年。在读完一季度多的博士课程后，为何决定退学？坐在教室里回答问题，回家再温习以对付更多的考试，为何变得难以忍受？一是因为我已决定（主要是由于我那篇被玛莎·弗利选中的故事）以写小说为自己的前途，二是因为我已成年，那一直是我读书的目标。二十三岁的我已从家里独立出去，尽管还是会每月给他们打电话，偶尔写写家信，到了圣诞节再赶去东部探亲。我已在名牌大学找到一份乏味但理想的教学工作，在自己的社区，到处可见旧书店和独特的知识分子。更重要的是，我已卷入人生第一个半家庭式的恋情，双方父母——尽管他们鬼魂般的存在仍无孔不入——都不在现场，女方比我更为独立。她比我大四岁，似乎是我心智成熟的进一步证据。看似不相容的背景恰恰证明，我不受习俗的束缚，已从保护未成年人的约束中获得了彻底的解放。我不仅是一名成年人，而且是一名自由的成年人。

我当时想，要行使我全部的自由，再也没有比芝加哥大学更好的智力舞台了。八月份退伍后，即刻动身去纽约找工作。夏洛特·毛雷尔帮我取得了《纽约客》的面试。其时，小说家查尔斯·杰克逊在负责沃尔特·汤普森广告公司的文字工作，他哥哥又在那里担任艺术总监。所以，借助杰克逊的关系，我见到了他的出版商罗杰·斯特劳斯。二十年后，斯特劳斯成了我自己的出版商。面试结束后又过了几天，我高兴地发现自己手握两个工作机会，一个是法拉·斯特劳斯·卡达希出版社的审稿编辑，另一个是《纽约客》的校对员。在做出选择之前，还意外地收到了纳皮尔·威尔特的电报，他是我过去的老师，在芝加哥大学担任人文系主任。该大学的大一作文教研组在最后一分钟出现空缺，所以威尔特来问我是否有兴趣在九月成为芝加哥大学的讲师。

我认为大学的教学工作既有意义，又很有趣。此外，在这三份工作当中，大学讲师一职显然让我享有最多的写作机会。即便有三节作文课，每节每周要上五个小时，每天仍有多达一半的时间可供我自由支配，此外还有季度休假、定期节日、暑假等。几个月封闭的军队生活之后，这么多的空闲时间对我尤具吸引力。我当初先去迪克斯堡接受基本训练，后被分配到华盛顿当列兵，为沃尔特·里德陆军医院的公共信息官编写新闻印刷品。（我在迪克斯堡时背部受伤，最终成了该医院的病人，卧床两个月后以医疗原因退伍。）在公共信息办公室工作半年多，我第一次尝到了朝九晚五的单调乏味。工作并不苛刻，但一天被关八个小时，盲目地打字，这几乎使我发疯。因此，一旦逃离军队的困守，我就抓住这一良机回到芝加哥，从前研究生升级为大学讲师，再一次为书与他人争长论短，称心如意地阐述文学理论，过极其简朴的生活（即这份薪水所能负担的），却全无穷光蛋的感受。其时要做到这一点，唯有住在大学附近。一九五六年，二十三岁的我把芝加哥大学当作美国最好的所在，享受最大的个人自由，寻找智力的活跃，不一定涉及叛逆性反抗，但至少与社会保持一定距离。当时的社会日益繁荣，大家都热衷于消费和看电视节目。

自我夏天从巴克内尔大学毕业以来，皮夹里就一直放着另一位女大学生的照片。她是犹太人，来自新泽西的北部郊区，她的家庭历史和个人前景与乔西的大相径庭。她思维敏捷，聪明活泼，相当漂亮，又充满自信。一名年轻女子从小获得阳刚、可靠、成功的父亲的宠爱，所得的遗产往往就是这样一份自信。盖尔的父亲哈里·米尔曼对四个子女一向舐犊情深，慷慨大方，毫不掩饰为他们感到的骄傲。他是一个冲劲十足、大大咧咧的商人，像我父亲一样，也是纽瓦克的犹太移民。当盖尔仍是他待字闺中的爱女时，他就是她日常生活中令人印象深刻的保护人。她母亲已过五十岁，依然好看，让时年十八九岁、喜好冒险的盖尔开始感到心烦。母女关系有时趋于紧张，但从没恶化到难于相处的僵局地步，她家的特点就是团结和自信。倘若乔西卸掉自己愤愤不平的反抗意识，获准将鼻子贴上米尔曼家郊区大房子的玻璃窗，她很有可能会站在那里羡慕地哭泣，渴望变成另一个盖尔。她不顾一切合理反对，决意嫁给我，甚至要变成一个犹太人，为的就是追求那种荒唐的蜕变。

彼得·塔诺波尔在《我作为男人的一生》中叫道："哦，为何我放弃迪娜·多恩布什——改选莫琳?"他是在思念那个莎拉·劳伦斯学院的大四学生。当初，他甩掉迪娜，改选了他那个愤怒的复仇女神。为何我放弃盖尔，改选乔西·詹森？在我读研究生和入伍的两年中，盖尔和我卷入了难以摆脱的激情。我在一九五六年九月返回芝加哥，觉得自己的远航计划——任何目的地都有可能——不应再受这段感情的羁绊。依我看，它必然导向婚姻，把我和新泽西的犹太安全小圈子连在一起。我想要更大的挑战，在更为艰苦的条件下创造自己的生活。

我自己反而成了笑柄，因为盖尔也在计划她自己的神秘探险。大学毕业之后，她在爸爸的避风港内萌生出的嗜好和自信，驱使她远赴欧洲，整整度过十年的单身生活，个中的愉悦又与她传统教养的乐趣各有千秋。从我们共同的朋友那里传来的消息称，哈里·米尔曼的女儿好像变成了柏林墙与英吉利海峡之间最讨人喜欢的女子。与此同时，那个为了不让自己珍贵的独立受到束缚，不肯与出生地有瓜葛的远航的年轻人，现在反而被封印在一个毫无乐趣的存在中，肩负起最荒谬、最无意义的责任。

我把一切都弄反了。乔西有乱七八糟的历史，在我看来，却是一名坚强勇敢的女子，在可怕的家庭环境中存活下来。另一方面，盖尔拥有全部的家庭安全感和父爱，在我看来，舒适的童年将使她永远停留在小女孩阶段。由于颇受关爱的成长背景，盖尔将依赖他人；由于支离破碎的成长背景，乔西将非常独立！我还能再天真一点吗？这不是神经质，而是天真，因为我们人类就是这样：太天真了，即便是最聪明的人；而且，这并不局限于青少年时期。

我返回芝加哥的头几个月中，在大学里所交的三位好友是小说家理查德·斯特恩和托马斯·罗杰斯，以及评论家兼编辑泰德·索洛塔罗夫。他们三人已婚，比我大四到五岁——迪克[①]和泰德各有一对小孩——我们都还只有二十多岁，都想成为作家。迪克和汤姆[②]是芝加哥大学的新教师，泰德在印第安纳大学加里分校教夜课，白天像我一样在读芝加哥大学的博士。乔西和我跟斯特恩夫妇、罗杰斯夫妇、索洛塔罗夫夫妇经常见面，或共进晚餐，或玩扑克游戏，或喝啤酒。这种亲密无间使我俩看起来像一对夫妇，但我心里比以往任何时候更清楚，光是经济原因，为了实现自己的写作野心，最好还是只负担自己光棍一人。泰德的困境就是一个榜样，既要写作，又要读博士学位，还有家庭生活带来的明显压力。我的年薪是二千八百美元，还要为欧洲之旅存钱，在我看来，那是我文学见习期的一部分。即使我的作品最终顺理成章地登上某些文学季刊或发行量很大的杂志，我几乎可以肯定绝不可能指望以卖文为生。毋庸置疑（肯定是在芝加哥大学），一个人绝不是为了赚钱而从事写作。我想，倘若是为了赚钱而写，我将写不出任何东西。

① 理查德的昵称。
② 托马斯的昵称。

与乔西在一起的头几个月中，我大多数时间都在谈论写作，为她买我最喜欢的平装书，借给她已被我划得很厉害的现代图书馆经典，为她朗读我钦佩的小说家的作品片断，向她展示我正在创作的手稿。后来，《新共和》要我写电影评论，每篇稿费二十五美元（我写了一篇针对艾森豪威尔晚间祷告的讽刺文章，先刊在《芝加哥评论》上，后获得《新共和》的转载，所以才有此次约稿），我俩一起去看电影，回家路上畅谈观后感。共进晚餐时，我们相互介绍各自不同的出生地。她一开始备受阻碍，容易受伤——时至今日才勇敢地尝试如何获取心态上的平衡，成为一位独立女性；而我看起来坚强牢靠，完好无损，亟想取得文学上的成就。我口中颇受保护的童年生活，在她听来像《奥赛罗》中头颅长在肩膀下的异人故事，她对其中安全、可靠、舒适的氛围大感兴趣。我家之所以有这样的氛围，全仗母亲在管理家务上的天才，以及父母在多年经济拮据中的尽责和毅力。我向她解说《包法利夫人》在感官上的精确性，也以同样的热情解说母亲的厨房艺术。我就读的小学和中学，实际上与我家在一条街上，我从小就每天回家吃午饭——我告诉她，其结果是，在我教完早课回到自己在芝加哥的小公寓，脱下新正装换上写作时穿的旧衣服时，厨房中加热的金宝番茄汤散发出第一缕香味，仍会唤起我最舒适的期待和将临的满足感，即我最近才学到的“普鲁斯特式”快感

（尽管连续几个夏天，我都没能读完《去斯万家那边》的开头六十页）。

我是在夸大其词，还是把它理想化了？我不知道——奥赛罗知道吗？以花言巧语赢得新识女子的人，不会担心我听闻的英国人所谓的“在蛋挞里放入太多的鸡蛋”[1]。如果我追求像波莉·贝茨一样的女孩，教养有素，对自己的出身充满自信——这点也不像盖尔·米尔曼，与我家相比，她家更像是小孩的乐园——我就不会如此栩栩如生地披露自己的记忆。我现在觉得，之所以这样做，是因为自己天生喜好戏剧性的比照。从割礼执行人到米尔德里德·马丁，我获得了不断的进步；在可敬的犹太家庭中，我又一直是过度奉献、过度保护、过度监视的受益人；我把这一切复述给她听，中间再聆听她袒露自身的经历，想以此为一帖道德解毒剂，洗涤她对人生的满腹疑团。我在追求她，赞叹她，意气风发地迷惑她——出于自私的年轻恋人对亲密和真诚的偏爱，向她述说自己是何等人士，由何种因素塑造而成。此外，我其实也是在投入一种叙述性的唱和，我只是一种反声音和反主题，对她无辜受害中呈现出的苍白人性，提出了天真的挑战。开始，她是唯一的孩子，在祖父和继祖母赫伯特的家中，从小就是不受待见的

① overegg the custard，指过度夸大，过度粉饰。

客人——包括她长期受苦的母亲和半就业的父亲——后来，她又在高中恋人兼丈夫的手中吃尽苦头。她告诉我，她有理由永远鄙视他。

她会永远鄙视他。她声称那些与完美背道而驰的非犹太男子虐待她，几乎摧毁了她，因此对他们怀抱刻骨的仇恨。这使我着迷并因此充满英雄主义的骑士幻觉。她幻想我的犹太牧歌可以向她提供烫平的睡衣，热腾腾的番茄汤，以及一个被家庭驯化的——如果不是被彻底女性化的——粗野男性。她举出他们不负责不道德的案例越多，我就越可怜她不得不忍受的不公正，越钦佩她生存下来的勇敢。当她以强有力的形容词“邪恶”——到那时为止，我只会联想到像纽伦堡被告那样的恶人——咒骂他们时，我觉得自己正在走近美国愚昧生活中的凶险领域，迄今为止，我只在舍伍德·安德森和西奥多·德莱塞的小说中读到过。我不再想避而远之，认为从事我这一行的人应有所了解。她越生动地解说他们对我家所珍视的价值观的轻率破坏，我对他们的蔑视就越多，我所提供的我们无害于他人的历史范例也就越多。我完全可以为圣约之子反诽谤联盟工作——不是在反犹太人的攻击面前捍卫我们少数族群的好名声和民主权利，而是在扮演一名完美的犹太骑士，从最糟糕的非犹太恶棍手中，救出他们中的一员。

我们相遇四个月后，乔西发现自己怀孕了，我不明白这是如何发生的。即使在她所谓无须避孕的安全期内，我也一直坚持她用子宫帽。我俩都惊呆了。在社区内以最低价格给乔西看病的是一位理想主义的年轻医生，特地赶来她的公寓予以确认。愁眉苦脸的我与他坐在厨房里喝咖啡，询问有何办法终止妊娠。他说可尝试一种药物，在这个阶段有时能诱发大出血，然后再去医院做刮宫手术，但成功机会很小。可没想到居然成功了。乔西在短短几天内就开始出血，我把她送进医院接受手术。那天晚些时候，她从手术室回到病房，我带了一束鲜花和一瓶国产香槟前去探望，发现她躺在床上，像产下健康婴儿的母亲一样心满意足，正与一名中年男子相谈甚欢。原来他并非医务人员，而是医院里宗教服务室的犹太教士，与我寒暄之后便离开，让乔西和我单独相处。我怀疑地问："他在做什么?"她一脸无辜地回答："他来见我。""为何要来见你?"她回答："在入院表格的宗教一栏，我填了犹太人。""但你不是犹太人。"她耸耸肩，在这种情况下，我不知说什么好。在我眼中，她这种梦幻和算计的混合非常怪异。我感到困惑，但又如释重负，因为躲过了麻烦，便放弃讯问，找出玻璃杯为我们的好运干杯。

两年后，她又一次怀孕。其时，我俩已经不像在恋爱，只有针对我性格缺陷的长期争吵，无论我逃得多远，都无法躲避。一九五八年夏天，我只身赴欧洲旅行，暑假完了本应回到芝加哥，却辞职去了曼哈顿。霍顿·米夫林出版社先付给我七千五百美元，作为我《再见，哥伦布》手稿的资助金，其真正出版还要等到一九五九年春天。我在下东区找到一套廉价的地下室公寓，生活费全靠这笔资助金的首付款。我是在五月告别芝加哥的，在这之前的一年中，乔西和我之间的信任持续恶化，引发了最筋疲力尽、最扑朔迷离的争吵。她的形容词“邪恶”被用来描绘我时，听起来就不那么诱人了。除了在大学内不可避免地撞见，我们有一半时间互不见面，似乎已彻底分手之后，我又迷上了时尚的拉德克利夫学院毕业生苏珊·格拉斯曼。她与富裕的家人住在北岸区，在芝加哥大学选读研究生的英文课。她年轻貌美，在我眼中显得有点难以捉摸，因而更具吸引力。实际上，我因得不到她全部的关注而有点闷闷不乐。一天下午，我邀苏珊一起去希勒尔楼听索尔·贝娄的演讲，结果与她相好的机会因此而受到了致命打击。乔西那天下午正好有空，也在听众席中，让我感到沮丧。贝娄是我文学上的偏爱，她跟着分享了，所以我俩的同时出现实在是犯不着惊讶的。演讲结束后，苏珊前去介绍自己。之前，他俩经由巴德学院的共同朋友见过一面。结果，在那短短几分钟内，两人的关系获得重新建立，导致苏珊两年后成为贝娄的第三任妻子。苏珊站着与贝娄交谈时，径直来到希勒尔楼的乔西傲慢地瞟了我一眼。我走上前去打招呼，她尖笑一声，低声说：“好吧，假如这就是你所喜欢的——”我无言以答，只好悻然走开，等苏珊谈完之后，再一起去与索洛塔罗夫小两口喝上一杯。那天晚上，我回到公寓时在信箱中发现一张便条，内容非常简洁——甚至没有署名——大意是，一位富有、被宠坏的时髦女子正是我应得的。

一九五八年九月，我从欧洲回来时发现，七月和八月在纽约《时尚先生》杂志上班的乔西，决定放弃她在芝加哥大学的秘书工作。她喜欢在曼哈顿从事和文学搭边的工作，决定留在“出版界”，尽管除了在《时尚先生》的那点经验之外，她毫无资历可言。但是，如果我是犹太人，她也是犹太人；如果我住在曼哈顿，她也要住在曼哈顿；如果我是一名作家，她也是一名作家，或至少与作家一起“工作”。原来在暑假期间，她已让她遇见的杂志人士知道，我发表在《述评》和《巴黎评论》的故事，是她帮助“编辑”的。我纠正她说，她是读过我的故事，并与我分享她的读后感，但那并不是“编辑”。她受到了冒犯：“但这是事实——我就是你的编辑！”

我们随即吵了起来。她在纽约无事可干，复又成了我的累赘，因此而感到绝望。于是，我们的相互指控都带上了恶毒的咒骂，以致过后我竟在街上独自游荡数小时，好像倒霉透顶的反而是我。她找到一个分租公寓，然后神不知鬼不觉地，那个公寓消失了；她找到一份工作，声称前去上班，然后神不知鬼不觉地，那个工作也消失了。她微薄的积蓄眼看就要用光，居无定所，工作面试似乎都泥牛入海。她好几次坐错地铁，在皇后区或布鲁克林区的电话亭，气喘吁吁、语无伦次地求我去接她。

我不知该怎么做或找谁商量。在纽约，我自己也是初来乍到，唯一可倾诉的对象是哥哥。毕竟他在普拉特学院当艺术生时，周末带回家的平装书让我第一次接触到了现代严肃小说。更重要的是，当我还只有十四五岁时，他的学生速写本中充满了都市景观的切片和市民的速描肖像，他以艺术为终身职业的意志不是没有鼓舞人心的效果。他的刻苦榜样让我懂得，保险代理人的儿子也有权利——假如他有天赋和勤奋——追求不同于商业和专业人士的其他生计。为何父亲从没认真质疑桑迪的决定或试图改变他的进程，或在以后干扰我的志向，倘若非要找出一个原因，这可能与母亲的弟弟米奇有关。他性情温和，独来独往，喜爱嘲讽式的幽默，从不向他人倡导自己的生活方式，尤其是我哥哥。他确实将自己珍藏的旧解剖书送给哥哥，但马上作出冷峻的警告：成为一名好艺术家无比艰难，更遑论以此谋生。尽管如此，舅舅米奇的先例使我家不再把绘画当作稀奇古怪的东西，而是一份真正的职业；至于它是不是一份理想的工作，则另当别论。米奇在费城小工作室的寒酸和拮据会引起父亲间歇性的愤慨。他会在吃饭时，长篇大论地数落可怜的母亲，声称她弟弟至少应找个女人结婚。我和桑迪尝试的工作领域，远远超出了当地的文化轨迹，之所以有如此的自由，很可能与父亲自己缺乏正规教育有关。幸运的是，他并不清楚何种职业最适合自己的儿子，只图我们不至于穷乏，靠自身的努力即可胜任。

我和桑迪有时觉得，我们之间像有很多话要向对方倾诉。我退伍之后的几年中，我们因各自工作中可预见的不同情绪和利益而开始疏远。他在一家广告公司担任商业艺术家，我是一名大学教师和新手作家。大家在一起的时候，我尽可能压抑对广告人士的观点的不屑（那实在是不少，因为我才二十多岁，又身处艾森豪威尔的五十年代），他对此心知肚明。我也同样清楚，他在大学人士和清高知识分子的面前显得局促不安，还从他们的高傲中察觉到挑衅的意味。这当然不是他主要的担心，也没有搅乱他的心理平衡，就像沃尔特·汤普森广告公司没有干扰我生活一样。但我们见面或打电话时，相互之间仍有一股可疑的暗流，因各自专业的两极化而增强，造就了我俩的自我意识和害羞。更重要的是，乔西和桑迪的妻子特鲁迪无法忍受对方；所以，我们并没有像夫妇一样外出社交，只是坐在一起——“像兄弟一样”——亲切交谈，如父亲所建议的那样。桑迪已经结婚，他的职业与我的相比更为传统，在我看来，他规划的生活明显源于我已离弃的背景。在我眼中，他不会有——“道义上”，我当时会迅速指出——必要的资本帮助我渡过难关，就算他确实有，我的价值观也不容许我向他求助。这是一种傲慢，既纯粹又简单。犹如一名狂妄自大的文学青年，绝对相信自己在智力上的优越；又像一位骄傲的新手，在极力追求自己的独立。他绝不能向似乎胆小怕事的哥哥承认，自己掉落了力所不及的深渊，需要强者的拯救。

何况我才是强者，不是吗？我有理由相信这一点：我迎来了生命中的高光时刻。离开大学不到五年，我的第一本书即将出版，霍顿·米夫林出版社的编辑乔治·斯塔巴克和保罗·布鲁克斯给了我极大的鼓舞。我凭借几篇出版的故事在纽约已小有名气，又与《述评》的马丁·格林伯格、《哈珀》的罗伯特·西尔弗斯、《巴黎评论》的乔治·普林顿、《时尚先生》的拉斯特·希尔斯、《子午线图书》的亚伦·阿谢尔建立了友谊，借此见到其他作家，开始享受自己的作家身份，不再是业余时间写写短篇小说的大一作文老师。与乔西的恋情已经燃尽，这份恋情在刚过去的一年中变得一塌糊涂，不可能拖垮像我这样步步高升的人。我并不担忧结婚一事，因为婚姻是不可想象的。我只是不想让她走向精神崩溃，尽管不愿相信，但还是担心她有自杀倾向。她扬言要纵身跳到地铁列车前面——我在文学领域中新近赢得的认可似乎加剧了她的绝望。她哭道："这太不公平了！你拥有一切，而我什么都没有。你现在认为可以把我甩掉了!"

无论如何，她那年夏天会来纽约，我觉得自己责无旁贷。《时尚先生》的临时岗位是担任小说编辑金·利希滕施泰因和拉斯特·希尔斯的审稿人。乔西一听说有这个机会，便表示很有兴趣。我向金和拉斯特保证，她完全可以胜任——我想，如果被选中，她在生活中对一直缺乏机遇的抱怨，可望得到些许的安抚，哪怕只是暂时的。我思忖，这会是我决定消失之前，尽力帮她的最后一次。她后来声称，假如拉斯特当初没有保证这份工作将变成永久性的，她根本就不会离开芝加哥；假如我没在写自欧洲的信中暗示回纽约后仍希望她留下，她早就返回芝加哥了。拉斯特和我对她都有误导。一九五八年八月底，她来码头迎接我搭乘的远洋客轮，因为她知道那是我的愿望。她身穿白色连衣裙，兴奋地从码头朝我挥手，看上去很像一名新娘，也许这就是用意所在。

之后的数星期中，我们一起度过了两个尚能容忍的夜晚，以招待我在船上遇到的年轻英国建筑师和他的英国女友。该女友在纽约的《时尚》杂志上班，干的正是乔西想干却似乎一直无缘干的工作。一天晚上，我们试图在我的地下室公寓做爱。我显然没有很强的欲望，她一下子变得怒不可遏：“你在欧洲睡了多少女孩!”我不否认，我在旅行时并没有洁身自爱——我反诘：“我为何要洁身自爱呢?”——不出意料，这使情形变得更糟。到了十一月，她仍在纽约徘徊，一贫如洗，没有自己的居所。一个寒冷的早晨，她随身携带行李箱，在通向我公寓的龟裂水泥台阶的底部出现，要求我唤醒哪怕只是一丁点儿的怜悯，给她一个栖身之地。我曾一闪念，让她占用这个公寓——自己放弃其中的唱片、书籍、几百美元的二手家具，带上剩余的霍顿·米夫林资助金，拍拍屁股来个人间蒸发。但为期两年、月租八十美元的公寓租约上有我的签名，每周与我通电话的父母还住在新泽西，为我回到东部定居而感到欣慰——还有我在曼哈顿的新生活。我不愿逃之夭夭，逃避和躲藏令我反感。我依然相信，自己的某些性格特质使我有别于她过去生活中真正邪恶的混蛋。她在门外阴暗的台阶底部一边哭泣，一边叫嚷：“你、拉斯特和我父亲，都是一路货色!”这是我所听到的最疯狂的断言，好像我别无选择，必须严肃面对这一指控，以证明自己并非如此。于是，我没有逃之夭夭，决定留下，她也留下与我同住。

她第二次怀孕是在一九五九年二月初。我今天与当时一样惊讶，我们——其中一个，或者两个——竟然没有落下残疾或不幸死亡。此外，我实在不想多讲我们在下东区三个月的共同生活。

她营造出一种气氛，使我无法正常思考。《再见，哥伦布》出版那一年的年初，我和她差一点都成了住院病人，我的地下室公寓犹如一个挂有咖啡厅窗帘的精神病房。

她这一次怀孕比一年前在芝加哥的更令人费解。当初，她声称上卫生间去放入子宫帽，实际上却是一个幌子，所以怀上了孕，只是我一直蒙在鼓里。她已有两个孩子，自己无法抚养，只好魂牵梦萦——为何还要第三个孩子？其时，我们相识才四个月，没有理由怀疑她的诚实——除非我二十四岁就已懂得人情世故。在她对欺负自己的各式男子作出自我表述时，与其全盘接受她受害于他人的故事，与其乐于窥见她非犹太人家庭的混乱无序——我祖辈鄙视异教徒的传说，均来自那些凌乱、肮脏、不幸的事实——不如冷眼相对。

我们在夜深人静时确实有两三次甚至四次的性接触，既充满幻想，又缠绵蕴藉。我们像是在替各自的愤怒寻找发泄的出口，在漆黑一团的房间中，在温暖凌乱的床第上，找到了一个无确定身份的肉体，以纾解自己生理上的饥馑。我在晨曦中忖度，依稀记得的究竟是不是一场春梦。她在二月一个早晨宣布又一次怀孕时，我敢发誓，已经有好几个星期没有此类的春梦——我在情欲上已被压榨成了一具木乃伊。其时我刚从波士顿回来，与乔治·斯塔巴克一起去查看我小说的毛校样。她或多或少以怀孕的消息迎接我的归来：我不仅要成为第一部短篇小说集的作者，而且要成为一个父亲。我一听到她的宣称，就知这是一个谎言。我相信我的波士顿之行引发了她的绝望，从而促成这个谎言。她担心随着我第一本书在下个月出版，我的良心将会超越她的指责，我的自尊心将会骤然高涨，而假如她仍陪伴在我身边我就能带她远离那个充满失败的地狱。

当我声称她不可能再一次怀孕时，她重述自己真的有孕在身，如果我“邪恶”地拒绝承担责任，她就会将婴儿生下，遗弃在我父母新泽西的家门口。

我想她是绝对做得出的（倘若她确实怀了孕），因为那时她已对我父母心怀不满——她声称，在两个暑假之前拜访我家时，遭到了他们的“无情”款待。其时，我赴科德角租房一个月，以专心致志于写作。按照事先的安排，乔西将在那个月尾从芝加哥飞来我这儿度假一周。抵达科德角一周后的某天下午，我在法尔茅斯海滩上遇见一名波士顿大学的大四女生。她宁静、随和、相貌平平，学的是小学教育，在一家海鲜餐馆当服务生。我们很快睡在一起，在她下午的空闲时间，或在海滩上散步，或跳入海中游水。她的男友在等她毕业，想马上结婚，但她不确定婚姻一事到底是好是坏。我告诉她，自己也有个即将来访的女友，但我其实很想避而远之。我们的共同点在于，都有一段不清不楚的棘手关系，都希望从烦恼中暂求喘息。我们的分手相对容易，但当我开车去波士顿机场接乔西来科德角时，我与这位女生欢度几周后的余波荡漾，以及我对这位几近陌生的女子的失落感，却比我预料的要强烈得多。一看到乔西，我立刻忆起那些使人身心交瘁的争吵，感到心有余悸——很自然地，保证了那些争吵的迅速恢复。

事态在七十二小时之内急剧恶化，我们只好作罢，驱车返回纽约。剩下的假期，她将住在酒店，自己安排游览，我则改去新泽西——坎登附近的穆尔斯镇，父亲新近调去管理那里的大都会办公室。我计划在穆尔斯镇留住一星期后再回芝加哥工作。乔西知道波莉曾来我家过感恩节，知道在我们还是巴克内尔大四学生时，她趁复活节休假在我家待了一两天。我们开车离开科德角时，她坚持想知道为何她不能来拜访我的家人——波莉·贝茨到底特殊在哪里？她花了自己的积蓄，大老远赶来科德角探望我，我怎能如此待她？她在芝加哥与我同居了一年，我是否已经长大，可以把她介绍给我的父母？我究竟是个男人还是个长不大的男孩？当她喋喋不休时，我真想把她杀死；但事与愿违，我把她带回了家。

她不是犹太人的事实不是原因所在——波莉也不是犹太人，但我父母对她总是很亲切，满心预料我会与她成婚，等到我们奔赴不同的研究院，还经常向我询问她的近况，谈起她来总是满怀情意。他们现在看到的让他们心悸的不是一个非犹太女人，而是一个大我四岁的寒碜的失败者，一个身无分文的秘书，有两个孩子的离异母亲，如她在第一天晚餐上解释的，两个小孩又被前夫“偷走”了。第二天早上，母亲在洗衣房洗东西，乔西想把前几天在科德角积下的脏衣服一起放入洗衣机，问母亲介不介意。母亲最不想碰的就是这个女人的脏内衣，但像她喜欢的女性杂志中的家庭主妇一样，只好礼貌地回答“当然，亲爱的”，把它们放进了洗衣机。过后，她一路步行，去了约三英里之外的父亲办公室，为我发出绝望的哭泣：我有美好的前途，怎会找上这么一个女子，显然处于沉沦之中，不像波莉或盖尔，肯定也不像她自己。她马上看清毛病的所在，而我要好几个月才能认清：每一桩横灾飞祸，我都发现自己无法袖手旁观——持续不断地感到一种强烈且疯狂的责任。母亲变得无法劝慰，乔西再一次觉得受辱而愤慨。父亲凭借高超的社交手腕，向乔西解释：他的妻子没有伤害他人的意思，他们很高兴见到她，假如菲利普第二天带她去机场，这对大家都好。他展示出他绅士般的技巧，也许这是我人生中头一次见证了他的管理技能，也是大都会人寿保险公司所倚重的。

我感到悲哀，因为这正是我所担心的——当初不想带她回家，就是为了这个。但在当初驾车返回纽约的路上，她告诉我，倘若她一个人待在纽约某家廉价酒店，或更糟糕的，因我而了结这最差劲的度假，重回炎热的芝加哥，那她真是太悲惨了。我又一次无法拒绝。我当初决定去科德角度假时也无法明告，我实在不想她加入，哪怕只是短短一天。假如我在她不折不挠的祈求面前，在欠她的人情世故方面，不怕自己显得冷酷无情，我原本可以免除她的屈辱、母亲的不快、自己的手忙脚乱。

那年秋天，我回到芝加哥之后，一点也不奇怪地——也许这本身很怪，鉴于我已被她的受害心理所奴役——我们在一起的时间越来越少。我开始恢复意气风发的单身汉生活，追求苏珊·格拉斯曼，偶尔与《原子科学家公报》头脑绝对清醒的助理编辑约会。假如我在芝加哥定居，可能会与这位助理编辑见面更多。奇怪的是，假如我真的留在芝加哥，而不是为了逃离感情纠葛而迁徙千里之外，乔西就会有自己的工作和公寓，就不会独自受困于曼哈顿，就不会只有我一人可投靠，以逃避毁灭。不过，作为一个赢得了霍顿·米夫林文学资助金的、有头脑的年轻人，没有如此的远见，只是我不明白的事项中最微不足道的。

《我作为男人的一生》中“婚姻模式”一章，叙述了彼得·塔诺波尔受骗而相信莫琳·约翰逊的怀孕，与我在一九五九年二月受骗而相信乔西的怀孕具有惊人的相似。我的作品中可能再没有其他场景比它更为精确地复制了我的自传事实。它代表了仅有的少数场合，我无须为让自己小说变得更为有趣而加以自发的润色。我不可能写得更为有趣——我甚至不可能写得同样地有趣。乔西完全自发的计上心来，可以说是奸诈发明的一颗小宝石。它经济，耸人听闻，显而易见，让人感到受辱和迷惑，简单得几近可笑，最重要的是神奇般有效。即使要在最小的细节上施以重塑，那也会是审美的一大失误，都会玷污她人生中极富想象力的壮举。它是完全原创的行为，让她从幻想中我的“编辑”升华为具有大无畏天赋的文学对手，即便时间很短。那种大无畏的“无情”作家是福楼拜认为最厉害的，我自己由于有限的经历和有序的进展，都还没有向他们靠拢——在她那么羡慕、认定要结盟的短篇小说集中，这种精湛的无情是绝对找不到的。唠叨、败落、半疯的独白者，在陀思妥耶夫斯基的小说中，以长达十五页的篇幅来数落人类的堕落。要为乔西这一别出心裁的小伎俩写下一百字的赞颂，甚至陀思妥耶夫斯基都不会感到羞愧。对我来说，这不是他人的邪恶大史诗的小注脚，而是决定自己命运的头等大事。等到乔西在两年半之后向我坦白（既吸毒又喝醉的莫琳是在拙劣的自杀企图中，向塔诺波尔披露真相的），等到我由此获悉她在曼哈顿耍的阴谋诡计——以及她在芝加哥根本就不用子宫帽——我们已多次上法庭，试图从她第一任丈夫的手中要回她小孩的监护权。其时，她十岁的女儿住在我们艾奥瓦城的家中。她可爱，善良，但缺乏教育，在情感上备受骚扰和虐待。乔西威胁，如果我试图勾引这个女孩，她就会趁我睡觉时将我捅死。其实，我只希望教她学会计时和阅读。毋庸赘述，对这一情节的发展，陀思妥耶夫斯基可能允许超过一百字的描绘。《我作为男人的一生》的“求婚灾难”一章，介绍了彼得·塔诺波尔的“真实故事”的可怕变形；花了几千字的笔墨，为她的出场找到恰如其分的场景。即使读者不认同，至少在我看来，这一章——甚至小说本身——旨在显示：我的想象力活得比我浪费的青春活力更为长久。我不仅幸存于自己毁灭性的迂腐道德，还终于战胜了自己怪诞的恭敬。根据这个非犹太人小镇偏执狂的定义，这种恭敬就是我做人、做男人——甚至做犹太人——的职责。

她提交给药店以兔子测试①的尿样是花两美元买来的。那天早上，她将一名黑人孕妇诱至汤普金斯广场公园对面的合租楼房的走廊。一个小时前，她刚离开我的公寓，表面上是去药店；她的钱包里装有自己的尿瓶，但毫无用处，因为这个尿样将证明她并没怀孕。即使在当时，汤普金斯广场公园已显得破旧，不过仍是非常安全的场所。邻里的老人喜欢来此休息，碰上好天气，就

① rabbit test，早期的妊娠测试，将受测者的尿液注入雌兔，几天后再检查雌兔的卵巢，准确率达98%。

围坐在一起聊天，或阅读各自的报纸——往往是乌克兰文的——当地的年轻母亲，其中不少是非常年轻的波多黎各女子，带孩子来玩耍，撒欢。我写完一天后也会带上自己的报纸——或我的《述评》和《党派评论》——来到布利克街的意大利咖啡馆，喝上一杯浓咖啡。天气暖和时，我会走到汤普金斯广场公园，坐在最喜欢的板凳上阅读片刻，有时抬头环视，有时记下当日写作的感受，为自己能在这座大城市中自力更生而感到满足——在一名前纽瓦克居民的眼中，纽约比巴黎和罗马更具神秘性。虽说我还没有穷到公园常客的地步，但还是过得一丝不苟，省吃俭用霍顿·米夫林资助金的每周拨款。我对奢侈生活没有任何追求，在美国移民和他们的后代中闲荡，感到十分自由自在。我没有浪漫地把自己当作“他们中的一位”，把他们称作“人民大众”也不是我的风格，我更不是在做关于他们的研究工作——我非常了解那些旧国移民，无须在汤普金斯广场公园从事社会学研究。我有时确实想到，我们家和我们的朋友都有移民背景，与汤普金斯广场公园的常客至少分享了某种基本的特征。我喜欢这个地方，既为它宁静无事的平凡，又为它给我带来的个人共鸣。

我并不打算建议，我对汤普金斯广场公园的钟情应促使乔西停步，转而去华盛顿广场公园寻找她的孕妇。它距离我的公寓步行仅十分钟，只是朝另一个方向。恰恰相反，要是她去汤普金斯广场公园之外的任何地方，那她就不是她了。她的想象力左右了我的想象力，很可能解释了她对超级独立、自信进取的我所享有的魔力。即使我这个年轻人还是一名坚强的对手，既顽固坚毅，又亟想自行其是。这同样的自以为是的大胆妄为，让最沉闷的际遇变得前景光明，让她在我俩相恋百日之后以犹太人身份入住芝加哥医院，让她将度假时的脏内衣交给我传统可敬的母亲，又像对讽刺气味嗅觉无比灵敏的猎犬一样把她引向汤普金斯广场公园，让我成为负责的男人——负责的犹太人。她知道，我喜欢在汤普金斯广场公园享受孤独，还在那里愉快地认同自己的移民起源。

几天后，她接受了我与她结婚的建议——先决条件是结婚之前必须做人工流产——这同样的本能使她接过我从银行取出的三百美元，不是去找我实习医生朋友介绍的堕胎医生，而是去了纽约时代广场的电影院，花一整天时间反复观看苏珊·海沃德在《我要活下去》① 中走进煤气室。

一旦她“做”了人工流产——她从电影院回到我的地下室公寓，以泪洗面，浑身颤抖，躺在床上裹着毛毯，倾诉她因我而承受的可怕且屈辱的手术——我仍是自由人，为何没有逃走？怎么

---

① *I Want to Live!*，好莱坞黑色电影之一，以风格晦暗和愤世嫉俗著称。

还和她待在一起？真正的问题是，我能否抵挡她。瞧，我一直都无法抵挡。我在获悉兔子测试结果后承诺，只要放弃胎儿，她便可成为我的妻子。请忘记这个承诺吧——这位才华横溢的女子，长于厚颜无耻的自我发明，我能不受迷惑吗？这位不折不饶的幻觉专家，底气十足地炮制最恶毒的讽刺，我这个半成形、初出茅庐的小说家，能指望从中逃脱吗？一方面，她要与我的著作权和著作难分难解；另一方面，我又无法从她那里分割出来。

《我要活下去》是一部有关加州街女郎的情景剧，其女主角被诬陷为谋杀犯，最终走进煤气室。她去看电影（不是堕胎医生，因为她实在没这个必要）的情节也出现在《我作为男人的一生》中。为何还要尝试编造这更妙的场景呢？我又怎么能编得出呢？我所知道的是，乔西在两年后坦白，那天下午她刚好想到这部电影，征询她的缪斯女神后向我脱口而出……也许，她还即兴发明了——为了让她的故事更引人注目，为了让我受的折磨更为强烈——在汤普金斯广场公园向黑人孕妇购买尿样。她也许做了这一切，也许根本没有，但一定做了什么……面对一个虚构大师，谁又能分得出真假？她即兴创造的放荡不羁！她想象力的无限夸张！她的欺骗释放出的自我肯定！这一幅幅漫画背后的坚定信念！

要说我没有参与培养这一天赋，那于事无补。刚开始只是狡谲的小镇女子的小心思，受到诱惑来俘获自己理想的结婚对象，由于我激烈的反抗，而不是我的软弱，竟转化成一种奇妙疯狂的东西，即一种让人眼花缭乱、丧心病狂的想象力——其他的姑且不谈——它使我在大学里学到的关于虚构可能性的传统概念，以及我吸收的关于均衡、间接、得体的詹姆斯式优雅，统统变成了绝对的荒谬。我要到开始写《波特诺伊的怨诉》，才得以摆脱她大无畏的天赋，这需要时间，更需要血的代价。毫无疑问，她是我人生中最可怕的敌人，唉，但也是最伟大的创作老师，更是极端主义小说的美学专家。

诸位读者，我娶了她。

都是一家人

我二十六岁时发现自己遇上了人生中最激烈的社会抗议，因此而感到惊讶。但我迄今都不认为，这是自己不谙世事。批评并不来自非犹太人的最高层或最底层，却来自愤怒的犹太人中产阶层、犹太人机构、好几个著名的拉比，指责我的反犹主义和自我憎恨。我当时并没预见到，这将成为我写作生涯的一部分，最终还成了它的核心。

尽管我机智老练，在当时的我看来，“自我憎恨”乃是全新的理念。假如这个现象确实存在于我的世界，那我肯定从来没有把它当作一回事。我在纽瓦克时，不认识任何以自我憎恨为准则的人。巴克内尔大学的西格马·阿尔法·谬兄弟会，尽管有各种缺点，似乎从来没有为自己的特征气恼，或明显地为自己致歉。莫·芬克尔斯泰因是橄榄球校队的两名萨米运动员之一，每当他代表巴克内尔校队入场，兄弟会的伙伴就会不约而同地发出一声呐喊，以示他们引以为傲的关联。倘若是自我憎恨的犹太人，这种情感上的袒露只会带来阵发性的耻辱。事实上，萨米兄弟最令人钦佩的地方恰恰是他们的随和。他们融入这个明显是非犹太人的环境，既不否认自己的差异，又不咄咄逼人地坚持这种差异。特别是在那个循规蹈矩的时代，社会现状并不总是凸现人们最美好的一面，在当时的我看来，萨米的态度实在是一个漂亮的应对。

我作为研究生来到海德公园，在国际大厦租了一个小房间。几乎从第一天起，我眼中的芝加哥大学就像家乡犹太世界的延伸，所不同的只是进化得更高级，更具乌托邦色彩。犹如旧社区生活的团结和亲密，现被注入了在智力上对娱乐和实验的健康追求。我是在一九五四年九月开始研究生学习的，学校里似乎有相当多的犹太人，都是明白无误的犹太人。与来自明尼苏达的爱尔兰天主教徒、堪萨斯的浸礼宗信徒相比，他们的自我意识和自信心更强——那些犹太人已全部世俗化，不为自己的血统感到懊恼，反而从中获得了毫不掩饰的能言善辩、容易兴奋、一眼可见的反讽天赋。我家的朋友米奇·帕斯提尔尼克，即纽瓦克的苹果王，如有幸获得文学教育，肯定会像我那位来自布鲁克林的热情的亚瑟·杰芬同学一样高谈阔论《鸽翼》[1]。泰德·索洛塔罗

---

① *The Wings of the Dove*，英美著名小说家亨利·詹姆斯（Henry James，1843—1916）的小说，出版于1902年。

夫——我一九五六年退伍后就读芝加哥大学的博士课程，与他辩论数年，从中获益良多——记得，我们曾把伊莎贝尔·阿切尔[①]叫做“非犹太女子”。我还忆起一次啤酒聚会上的争论，发生在杰芬担任晚间侍者的大学小酒馆内，大家斟酌良久，以确定奥斯蒙德是不是真正的犹太人。

当然，这只是业余时间的多管闲事。我们很高兴把从父辈牌局上听到的东西加以消化吸收，再与《一位女士的画像》挂钩。这个事实本身显示，我们对作为智力源头的犹太性，抱有一种俏皮式的自信。这是对过度精致的防卫，也是一种平衡，以抵抗亨利·詹姆斯的威慑力和普遍的文学品位。其“文明化”功能，对聪明上进的城市男孩具有各种各样的诱惑。那些男孩知道，如果频繁出没于街头巷尾或扑克牌局，或埃伯兹棒球场的上层看台，自己又会变得非常野调无腔。与其把这种恶俗当作杂质——我们就是这样的人，既是我们父辈的儿子，又是我们社区的产物——从我们的言论中剔除，倒不如以实事求是、反讽、底气十足的态度直面认领，更对亨利·詹姆斯眼中我们的自然起源表示由衷的满意。

《信仰的卫士》问世于一九五九年四月的《纽约客》，激起了

① Isabel Archer，亨利·詹姆斯小说《一位女士的画像》（*The Portrait of a Lady*）中的女主角；后文提到的奥斯蒙德（Osmond）是她的丈夫。

犹太人对我的指控。故事讲述战时军队中一些犹太新兵试图从颇不情愿的犹太中士那里获得额外好处，是我在大型商业杂志上出版的第二篇小说。我登在《时尚先生》上的第一篇小说赚了八百美元稿费，再加上霍顿·米夫林资助金的预付款，我便辞去芝加哥大学讲师一职，意欲永远脱离（我的一厢情愿）乔西的生活。我想当一名专职作家，搬至曼哈顿下东区的两房地下室。它的位置正好——出于我对都市色彩的喜爱——处于中间，一边是鲍厄里街乞讨的流浪汉，另一边是拉特纳餐馆①桌上的洋葱面包卷。有关犹太人的其他故事，问世于《巴黎评论》和《述评》；前者是一份发行量很小的年轻文学季刊，后者是埃利奥特·科恩任主编多年的月刊，由美国犹太人委员会出版。它们可能赢得了普通读者较多的兴趣，却没在犹太人中造成轰动，后来都被收入了由霍顿·米夫林出版的《再见，哥伦布》。假如一开始我就把《信仰的卫士》送交《述评》——其时另一位联合主编是马丁·格林伯格，他是我早期的支持者和同情者——我猜测，《述评》会刊出这个故事，所引起的评论比较不会招人注意。假如真是这样，《信仰的卫士》就会被认定是获得允许的犹太人对话；一个月后《再见，哥伦布》的出版所引起的震撼——讲坛的布道、家

① Ratner's，曼哈顿有名的犹太乳品店。

庭的争论、犹太组织衡量我的危险性的内部讨论，在那些基本上不是我的读者的人面前，将我的第一部短篇小说集意外地加以戏剧化了——就不会达到惹出麻烦的程度。假如真是这样——没有《纽约客》大张旗鼓地曝光，《再见，哥伦布》仅获得无伤大雅的文学小成功——针对我的所谓反犹主义，就不会渗透于对我作品的各式讨论，我也不会奋起在文章和公共演讲中为自己辩护；就不会有人指责我在《波特诺伊的怨诉》中加码，泄露犹太人的秘密，伪造犹太人的生活，我也不会别无选择，积极采取反击措施。我现在这样说，不应被误作是我和解的表态。这一次轰动的衍生物，最终启发我将公众的宿仇提炼成家庭内部的纠纷，这就是祖克曼系列小说的骨架，其真正成形还要等到八年之后。

像《党派评论》和《述评》一样，《纽约客》也有犹太编辑威廉·肖恩，犹太撰稿人悉尼·佩雷尔曼、欧文·肖、阿瑟·科伯、杰罗姆·塞林格，以及庞大的犹太读者群。这本来应该向被我激怒的人士建议，与《纽约客》非犹太人的特权光环沾上关系，相比于犹太人的小圈子，只会向这些犹太人（它毫无疑问已在罗斯的身上发生）提供更多的寄托。我很快明白，对自己群体的标记，怀抱不一定是有意识的内在厌恶，那就是自我憎恨。其最甚时是近乎病态地非要将这些标记抹去不可，或者对尚蒙在鼓里的他人极尽蔑视之能事。

我没有足够的耐心等待邮寄给我的作者副本。《纽约客》预定发行的那一天，我去十四街克莱因百货公司对面的报摊查看了三次。它终于在下午出现，我买了两本，一本是自己的，另一本寄给我父母。我仍在大学时，他们已从威夸依克社区搬入邻近的伊丽莎白，那是一套花园公寓，处于一个宜人的小区，他们一九二六年的婚礼就是在这同一条街上举行的。我童年时代的几乎每个星期天，我们先去纽瓦克历史最悠久的移民社区之一，访问我孀居的祖母；再驱车去这条街看望丧偶的外婆，她与我一直未婚的姨妈合用一个小公寓。像刊登我最初几个故事的其他杂志一样，《纽约客》也是我父母不怎么熟悉的刊物。当年，我家有时会有《许革亚[①]》，偶尔还会收到《科利尔》、《自由》、《周六晚邮》，但让母亲最死忠的是《妇女的家庭期刊》、《红书》、《女人的家庭伴侣》。她通过那些杂志确立自己穿衣打扮、装饰家室的品位；寻找剪下珍藏的心爱食谱；参照育儿和婚姻的流行忠告。不管是她在杂志小说中读到的女主人公，还是她本人，都非常重视礼貌得体。哥哥和我以她的优雅为榜样，都成了彬彬有礼的小男生，每逢上小酒馆的特别周日，更成了她挂在嘴上的骄傲。那是一个家庭式餐厅，颇受纽瓦克的犹太资产阶级青睐（我们朝这

① Hygeia，希腊神话中的健康女神。

个阶层才迈进一只前脚，因为没有足够的钱和财产，仅有很勉强的社会自信）。

母亲每年阅读五至六本书，全都借自图书馆。它们不是垃圾读物，而是已获道德威信的通俗小说，例如她最喜欢的作家赛珍珠的作品。她崇拜赛珍珠，出于同样的原因，也崇拜澳人利亚修女护士伊丽莎白·肯尼，后者在四十年代将治疗小儿麻痹症患者的技术带到美国。她们的恻隐之心，既是女性化的，又是挑战式的，引起了母亲强烈的共鸣。她钟爱的女英雄中的女英雄就是埃莉诺·罗斯福，所以罗斯福夫人的报刊专栏文章《我的一天》始终是她心爱的读物。母亲一九二二年毕业于伊丽莎白的巴廷高中，其时名叫贝茜·芬克尔，之后好几年成功充任办公室的秘书。她是一名非常顺从的女儿，自然住在家里，爱慕母亲和姐姐，害怕父亲，帮助抚养两个妹妹，深爱她唯一的弟弟米奇——既是音乐家，又是艺术学生，最终成为一名安静谦逊的单身汉，说起话来轻声细语，但充满睿智，尤其喜欢旅行。他因艺术抱负而去描画各式人物和风景，但以专业摄影为生，只要经济上允许，就会关闭费城小工作室，坐船去欧洲的博物馆观摩他心爱的画作。母亲相信决定了舅舅米奇孤独生涯的这同一基因，也预设了桑迪和我的艺术倾向。就我所知，她讲得很对。她是一名家政知识渊博但其他方面略显天真的女子。她的自信可以覆盖到我们社交世界的最外层；一旦超出这一范围，她就会变得踌躇不前，但仍不失体面。她为我第一次出版的小说感到绝对的骄傲。她不知道其中还会有严重冒犯的东西，后来在犹太报刊中读到暗示我是叛徒的文章，对我批评者的用意仍迷惑不解。她曾起过怀疑——在哈达莎[1]会议上无意中听到一句恶毒的评语而感到震惊——随即问我，我是否真是反犹；我笑了笑，摇了摇头，她就彻底满足了。

我寄去或亲自带去伊丽莎白的《述评》和《巴黎评论》杂志——刊有我的故事《爱泼斯坦》、《犹太人的改宗》、《世事难料》——会被母亲用两个书挡陈列在客厅的边桌上。平时主要读报的父亲在炫耀我已发表的作品时更积极。他会向来访者出示那些陌生的杂志，甚至为朋友大声朗读自认是熟识的文字，即我从他也熟悉的出处撷取的一段细节描绘、一个名字、一句对话。《信仰的卫士》出版后，我在电话上告诉他，圣约之子反诽谤联盟要求我与他们的代表见面，以讨论该故事引起的抗议，他难以置信："什么抗议啊？每个人都喜欢。到底是什么抗议啊？我实在弄不明白。"

假如德高望重的犹太人所指控的是别人的儿子，他和我母

① Hadassah，美国犹太妇女组织，致力于宣传和发展犹太教、犹太复兴理念。

亲也许还无法确定那个作家的正直廉洁。他们身为犹太人，却受到了我的伤害——他们亲眼目睹我的割礼仪式，把我送去家附近的希伯来语学校学习三年；我最亲密的朋友都是犹太男孩，我一直是他们骄傲的来源——他们怎么也想不到这样一件咄咄怪事，永远都不会想到。如果有人质疑我对犹太人的忠诚，父亲就会变得非常好战；以后对待胆敢怀疑以色列政策的人，他也是如此。

我要补充的是，如果有人挑剔我作为犹太教学生的成绩，或者我在宗教仪式上的记录，他是绝不会冲上前去仗义执言的。我到十三岁已读了三年希伯来语学校，但没有特别开窍，对神圣的崇敬也没有受到特别的强化。但也不是全然的失败，我学会了足够多的希伯来文，可在自己的成人礼上，以极快的速度（即使没有完全理解）朗读《摩西五经》。我课后一小时、每周三天的犹太教育，之所以还能忍受，主要是因为那些无懈可击的亵渎，在那个特定的环境中给我们带来了催眠。我想起罗森布鲁姆先生所忍受的愚蠢折磨，他是我们的难民老师，逃脱了纳粹的迫害，活下来便已感到幸运（他自己的想法）。我们中年纪较大的男孩，会在四点到五点之间，在他上课的教室窗外的灯柱上，不止一次挂起他的模拟肖像。我还想起福克斯先生惊人的衰老面容，他是来自故国的犹太会堂看门人，也是我们的食鲱鱼者[①]。我们在人行道上朝他犹太会堂的后墙扔手球，玩一种名叫“尖子”的游戏，差点把他给逼疯——福克斯先生经常突袭当地糖果店，揪住在弹球机旁围观的少年的脖子，把他们拽出去，好吓唬足够多的人去参加祷告仪式。我当然还记得那个胆小如鼠的九岁同学，在我们希伯来语学校一九四三年开学的第一天——我们二楼窄小的教室恰好在大厅神圣约柜的正上方；校长是一名拉比，兼任犹太会堂的宗教领袖，对我们新生做起了冠冕堂皇的演讲——吓得大小便失禁。这真是个可怜的灾难，神经兮兮的新生不禁捧腹大笑，亵渎了神灵。

我放学后，身处昏暗的希伯来语学校——如果能到户外玩球一直到晚饭时刻，我愿牺牲一切——觉得在一切事物底下都有一种潜在的骚动，那是通风有序的公立学校所没有的。我在公立学校是一名聪明的美国男孩，从早上九点到下午三点，散发出一种意气风发、活力四射的任性。现在，我必须虔诚地服从这些严厉的仪式规矩，两者之间显然存在直接的冲突。犹太会堂祈祷的神秘嗡嗡声，传达给我们一种痛苦的严肃；楼上小教室几乎每天都在上演一出蠢蠢欲动的恶作剧，隐含着不敬。我从这一冲突中所

① herring-eater，腌鲱鱼是犹太宗教仪式或节日上的传统食物，很受老人的青睐；但在美国化的男生眼中，食鲱鱼者却是一个嘲讽的贬词。

认清的东西，比我在犹太人、沙漠、帐篷的古老故事中所学到的更为“犹太化”。那些古老故事中的犹太人，名叫金斯基、努斯鲍姆、斯特罗韦兹，与本地人的姓氏迥然不同。任凭我们犹太人的忌食——除了在中式餐馆，那里的猪肉躲在春卷中；除了新泽西海岸，那里的蛤蜊肉藏在菜汤深处——任凭我们其他的禁忌，任凭我们引以为豪的自我克制，我们日常生活中仍有一种紧张的坚强有力。它在搏动不息，既斩钉截铁，又压抑不住，甚至能把你非去希伯来语学校的烦恼——本可去“操场”打左外野手或一垒手——转换成一次不可预知、似是而非的戏剧欣赏。

我能从这所学校回忆起的还有，我们这一代人作为犹太人在美国长大，所遇到的一切通常都变成了娱乐。我不认为英国的犹太小孩会有同样的感受。数百万孩子作为犹太人在英格兰东部长大，所遇到的自然就是悲剧了。这点我们心知肚明，无需他人提醒。

三四十年代作为犹太人在纽瓦克长大，尽管有希伯来语学校等，感觉上是作为美国人而长大成人的正规途径。更重要的是，在我看来，作为犹太人长大和作为美国人长大，彼此之间没有任何差异。请记住，那些岁月里还没有一个新兴的犹太国，即一个“祖国”可作为精神上的依附——骄傲、热爱、担忧、大男子主义、友爱、苦恼、耻辱——对许多现已年过四十的美国犹太人来说，这使犹太人的自我定义变得更为复杂。当时也没有对古老犹太国的怀旧，百老汇剧院对舒勒姆·阿莱赫姆[1]的作品加以感伤化，进而推出商品化的犹太文化，只是后起的现象。我们很清楚，我们的祖辈离开他们的犹太小镇，与他们的父母永别，不是因为乡亲们在村庄里歌唱的旋律太过悲伤，而是因为那里的生活实在可怕。它是如此骇人听闻、气势汹汹、贫穷凋敝、绝望受阻，最好还是被彻底遗忘。我童年时曾想寻觅我家来美之前的生活细节，每一次都会遇上这种故意的失忆，这样做的并不仅是我们一家。

我认为，我和同时代的犹太孩子在战后积极把握时机——那是一种奇妙的感受，你不差于任何他人，你可做任何事情，你不受任何排挤——主要是由于我们对民主的坦荡胸怀的信念。我们生活在民主之中，我们属于民主。作为战胜纳粹法西斯和日本军国主义后的青少年，我们确信自己属于地球上最伟大的国家。很难想象，越战后在美国长大的稍有智慧的人，会有像我们一样的归属感。

我在关于《信仰的卫士》的午餐聚会上告诉反诽谤联盟的两

① Sholom Aleichem（1859—1916），著名的意第绪语作家，代表作《屋顶上的提琴手》。

名代表：我被指控传播妨害和诽谤犹太人的材料，所以才得以与他们见面，这特别令我困惑；因为我还是高中毕业生时，曾考虑学习法律，希望成为他们中的一员，以捍卫犹太人的公民合法权利。他们的回答中没有责难，也没有类似我应写什么、应在何处出版的警告。他们说，见我只是为了让我知道，他们收到了有关投诉，以解答我可能有的疑惑。但我猜测，他们的任务之一是弄清我是不是一个疯子。我在午餐时建立起来的礼貌气氛中说了不少，大家都哑然失笑。我询问，在他们看来，那些打电话和写信的投诉者到底是何等人士。我们三人又一起推测到底哪些文字最具挑衅性以及个中的原因。像见面时一样，我们友好地分了手。我再一次与反诽谤联盟打交道是在数年之后，其芝加哥分会邀请我参加一个多宗教座谈会，共同主办者是洛约拉大学，以讨论美国文学中天主教徒和犹太人的"形象"。

《再见，哥伦布》一九六〇年荣获国家小说奖和美国犹太图书理事会的达罗夫奖。之后，我受邀向全国各大高校的希勒尔①团体、各地的犹太社区中心和犹太教堂，就类似主题发表演讲。（我一九六〇年拿到古根海姆奖学金去了罗马，无法出席达罗夫奖在纽约的颁奖典礼。我在评审团中的最大支持者，即已过

① Hillel，公元一世纪初耶路撒冷犹太教圣经注释家，解经拘泥于词意，重在经文和律法的真意。

世的评论家兼教师大卫·包罗夫，证实了我朋友鲍勃·西尔维斯的报告——他代表我在颁奖典礼上领奖——我这本书是不得人心的选择，不管是对赞助商，还是对颁奖典礼的许多出席者来说，都是如此。一年前，另一组评审员将此奖颁给了莱昂·乌里斯的《出埃及记》。）只要不影响大学的教学，我都会接受邀请，在犹太观众面前发言并回答他们的疑问。观众们恭敬客气，有时显得超脱，抱有敌意的成员一般要到提问阶段才发起攻击。我虽然从不期待，但也颇能应付这种对话中的给予和索取。我没有打算成为一名"争议"作家，刚开始也不清楚自己的故事会令普通的犹太人反感。我把自己当作犹太人平凡生活的权威，熟悉他们的自我嘲讽和喜剧夸张。有很长一段时间，我在面对犹太挑战者的公开场合寸步不让，同时又在私下感到困惑不解。

我一九六二年接受邀请，成为纽约叶史瓦大学[1]座谈会的主讲人之一。我的小说继续在犹太人中激起强烈的兴趣，我觉得自己有责任作出解答，尤其不想回避这个著名的犹太据点。另一位主讲人是拉尔夫·埃里森[2]，能与他共享同一平台，我心里美滋滋的。第三位主讲人是彼得·蒂·多纳托，他的无产阶级小说《混凝土中的基督》在三十年代享有盛誉，后来又变得相对默默

① Yeshiva University，纽约市的犹太私立大学，属下有医学院和法学院。

② Ralph Ellison（1914—1994），美国黑人作家，代表作《隐形人》。

无闻。

从一开始，我就对叶史瓦大学座谈会断言式的标题——《少数族裔小说家的良心危机》——以及相关的假设起了疑心。根据我对这个假设的理解，引起针对“少数族裔”的文学异见的主要原因，不在少数族裔听众的社会不确定性，而在少数族裔作家的道德障碍。尽管我对虔诚笃信的犹太人——对我来说，他们和最虔诚的天主教徒一样陌生——没有真正的了解，但我也略知一二，从不指望他们成为我事业的支持者。在叶史瓦大学的师生中，如此背景的人占了大多数。座谈会将在大学的礼堂举行——我已非常适应这种场所——我并不是单独受邀前来讨论狭隘的犹太主题，而是与我好奇的意裔美国作家和我敬畏的著名黑人作家一起来探讨美国少数族裔作家的总体形势，丝毫没有料到会有如此令人泄气的冲突。

我和乔西从艾奥瓦赶来东部。当晚有场座谈会，我俩与新结识的兰登书屋编辑乔·福克斯一起打车去叶史瓦大学，他也很想听听大家的讨论。兰登书屋计划在那年晚些时候出版我的第二本书《放手》，而我的《再见，哥伦布》当初是由霍顿·米夫林出版的。所以，乔对那些煽动性的故事并不知情，因为是非犹太人，与随之而起的争议也是隔绝的，并为它的起因感到困惑。乔西也是非犹太人，但在婚后——与我的判断相悖，更遑论我的世俗信念——主动在曼哈顿的重建派犹太会堂，接受杰克·科恩拉比的宗教指导，又通过他皈依犹太教。我们先是办了世俗婚礼——两位朋友充当证人出席——主持人是扬克斯镇的治安官。数月后，杰克·科恩先生在自己的犹太会堂，在我父母也在场的宗教仪式上，主持了我们的第二场婚礼。我突然觉得——我的父母或许也有同感，他们只是措手不及，别无选择，只得彬彬有礼——这个仪式不仅不必要，在当时的情况下甚至是庸俗可笑的。我答应参与，让她毫无意义的皈依至少显得有一些功利价值；但我的同意并不代表我看不透这是误导的又一企图，用以编造一条婚姻纽带来掩盖我们之间显而易见且已酿成灾难的错配。对我来说，做一名犹太人和你与生俱来的真正的历史困境有关，和你阅读十几本书后另选的身份无关。假如我的新妻子在她余生以明智、专注的杰克·科恩先生为师便可成为一个犹太人，那么我只要将自己的英国文学硕士学位呈给温斯顿·丘吉尔，也可轻易地变成英国女王的臣民。

她亟想成为一种模拟的犹太人，但我从中看到，她的正直遭受了又一次令人痛心的解体。好像有一种东西，犹如我遭人诬蔑的自我憎恨，促使她去编造与我以及与我的背景相关的牵连，从而掩饰她中西部小镇的过往。我介绍这个故事，不是为了再次讥讽乔西，而是为了披露一个自己察觉到的怪异讽刺：那个全新的犹太人，明显是北欧人的长相，坐在叶史瓦大学的听众中，观察犹太长相的年轻作家如何被“逐出教会”。他作为犹太父母的孩子，在威夸依克社区度过十七年，已成为不可磨灭的犹太人。

审讯（任何意义上）在蒂·多纳托、埃里森和我每人二十分钟的介绍性发言之后开始。埃里森凭借几条札记先行畅谈，既轻松又充满智慧；蒂·多纳托紧随在后，其发言不是那么符合逻辑；我照念准备好的几页纸，这样既能让自己充满自信，又可防止审讯者篡改与论点相关的上下文。我决心采取一切措施杜绝误解。进入座谈会的第二阶段，主持人开始质疑我们的开场白，但他真正的兴趣似乎只在我一人身上。他听完蒂·多纳托的解说——倘若是我在主持，我会要求进一步的澄清——便提出第一个问题：“罗斯先生，假如你生活在纳粹德国，你还会写出同样的故事吗？”这个问题二十年后出现在《鬼作家》中，提问者是法官利奥波德·瓦普特，被问者是内森·祖克曼。

三十分钟后，我还是在接受拷问，所提供的回答均不令人满意。轮到听众提问时，我才意识到，自己不仅遭人反对，而且受人憎恨。我从来没有忘记我当时昏乱的反应：即使我仍在试图连贯地回答一连串的指控（那时已从审讯转化为诅咒），我身心疲惫的回头浪已经涌起，开始把我卷出礼堂。我本来很发达的好斗本能，此时干脆枯萎凋谢了，实际上我还必须尽力克制自己闭上眼睛的欲望。我坐在主讲人桌子旁，汗流不止的脸庞离开麦克风仅数英寸，渐渐地变得意识不清。拉尔夫·埃里森肯定注意到了我的萎靡不振，因为突然间，我听到他以雄辩的权威为我辩护，半昏迷的我根本无法作出如此反驳。他的思想主张几乎与我相同，但他是以一名美国黑人的身份来表述的。《隐形人》中的一些例子，以及这部小说与他的某些黑人同胞建立起的暧昧关系，都可以证明这点。他的这番话，在听众听来比我的更为可信，似乎让听众偏离了真正的使命，从而缓解或转移了审讯的压力。我当时还在想象审讯的最终结局：要么我被石头砸死，要么我自己迅速入睡。

在我降级为旁观者后，当晚的座谈会很快接近尾声。主持人向三位主讲人表示热烈的良好祝愿，听众席响起稀稀拉拉的掌声，我们开始沿侧边楼梯走下舞台。听众中对我作品最具反感的成员立即把我包围，很显然，埃里森的调解仅发挥了短暂的效用。审讯法庭的高潮将临，我现在已很清醒，但无法从他们中间轻易逃脱。我站在大厅和舞台之间的空地上，越过那些审讯团成员的脸庞，可以看到乔和乔西——但怎么也看不到我自己的犹太性——我在聆听对我的最终裁决，那是我在这个或其他世界所能听到的最严峻的判决。有人在我面前一边挥拳一边叫道：“你从小就读反犹文学！”我回叫：“好吧，那又是什么？”我很好奇，想弄清他到底是啥意思。他大声回答："英国文学！英国文学就是反犹主义的文学！"我这才开始大声叫嚷："让一让，往后退一步——我要离开这里。"

回到曼哈顿中城后，乔西、乔和我一起去离我们酒店不远的"舞台熟食店"吃东西。我为自己愚蠢地蹚了这趟浑水而生气，非常惭愧于自己的表现，更因听众的指控而愤怒。手上还拿着熏牛肉三明治，我当即宣布："永远都不再写犹太人的东西。"同样可笑的是，我以为自己是当真的，或至少应该这么去做。刚经历了此事的我还看不清，我人生最伤心的公众对话不是我涉及犹太人的想象的终结，更遑论被逐出犹太集体，反而是我受其奴役的真正的开始。我曾以为——主要根据《放手》的证据——我已超越了我学徒故事集的通常关注，以及我作为新手信手拈来的题材。《放手》讲述的是，年轻的成年人远离犹太人的新泽西，却又遇上未及预料的职责。它似乎在预示，我的新关注将把我带去另一个方向。但叶史瓦大学的冲突，不仅没有使我脱离犹太人的虚构题材，反而以史无前例的方式为我揭示了挑衅性愤怒的威力，这种威力又使犹太人的自我定义和效忠问题变得尤其棘手。这个团体的拥抱曾给我如此多的安全感，然而，它本身仍处在狂热的不安全感中。当有人告诉我，我写的每一个字都是耻辱，可能危及每一个犹太人，我还能得出其他结论吗？狂热的安全感和狂热的不安全感——在我人生经历中，那天晚上的冲突最能体现这一事实：犹太人的戏剧性就深植于这种二元性。

任何像我这样遭遇了叶史瓦大学这一切的作家，如果还想去寻找其他创作素材，就不再算是作家了。我在叶史瓦大学好战者面前的屈辱——确实如此，我从一开始就引起了犹太人的愤怒抵抗——几乎是我最幸运的突破，我被打上了烙印。

现在我们也许可以开始

梅·奥尔德里奇和我合租的暑期度假屋，坐落在玛撒葡萄园岛中央一条宁静的柏油路上，离西蒂斯伯里小镇的杂货店仅几分钟的步行路程。它是一栋平凡但舒服的小屋，除了一张双人床，剩下的家具几乎全是褪了色的沙滩旧椅。一九六七年六月下旬，我们从纽约搬来时，其窗户都是光秃秃的。梅为此而驱车前往温亚德港，从卖减价货的商店买来布料，自做窗帘。她三十四岁，是一名独立的女子，其可观的收入来自家庭信托基金，本来无须为省钱而坐下来自己缝制窗帘。但那时我也并不富裕。我们合租的假设是，我们好比经济上同样不宽裕的两人合住。她打理得简单得体，既由于她为人大度（或由于我们相爱），又由于她成人后一直想摆脱原来的生活方式。她在该方式中出生、扎根，因此而变得脆弱；她善良清醒的内心仅存太少的自信，无法执着地追求自己乐善好施性格中的激情部分。

梅是非犹太人女子，与乔西相反，恰好身处美国社会的最上层。她读最好的学校，家人是克利夫兰一个古老的油漆制造商，所赢得的不仅是金融上的巨大成功，而且是公民荣誉和社会地位。曾经有一段时期，对英国人出身的美国工业家族来说，这些成就是理所当然的。她皮肤白皙，眼睛碧绿，身材修长，是我所知道的最可爱的女子，她的美丽像乔西的吸引力一样精致。我们第一次见面时，她绝对是脚踏实地的。她的外表有不可磨灭的特权印记，就像乔西有小镇印记一样。这两名女子在体质上截然不同，社会背景也大相径庭。同为女性，却有这么大的差异，看起来像不同性别的代表。她们与生俱来的性格倾向，由于各自不幸的社会出身，似乎都发展到了极端，像是某种人物模板。所以，工薪阶层失败者的女儿乔西，迟钝、琐碎、不满、嫉妒、愤慨、诡计多端、投机取巧；而梅多年来一直将自己的惴惴不安隐藏在女子预科学校令人窒息的礼仪背后。她们所共享的，是约束她们成长的社会心态使她们各自伤痕累累。吸引我走向她们（更有可能是吸引她们走向我）的，不在于她们是各自血统的优秀成员，扎实地固守于各自父亲的世界，而在于她们虽是自己阶层的独特后代却都有着奇妙的疏远。

梅在我们相处的五年中，从没建议我们一起去克利夫兰见她的家人。她母亲每隔几个月来纽约探望，我就破例不再傍晚时分去她东七十八街的公寓过夜，改成留宿基普斯海湾区的小寓所。该寓所平时——我不用去费城或斯托尼布鲁克[①]教学的时日——成了我的工作室。我们当然清楚，因为我们未婚，再加上我是犹太人，最好还是不要去见她的父母。不是担心见了面会引出什么可怕后果，只是觉得既然都是单身，就没有理由制造不必要的紧张；她那生活在数百英里之外的家人，似乎也在回避女儿的私生活。我不想让恋情与家庭纠缠在一起的渴望，远远超越了我对梅克利夫兰背景的好奇，我已有太多的家庭烦恼。

有一天晚上，我邀请父母从新泽西来梅的公寓喝上一杯，再出去共进晚餐。我希望他们亲眼目睹，与梅在一起，我的生活已得到恢复和简化。他们从不清楚我先前的婚姻有多可怕，只听闻大量暗示，目睹了我为它所付出的代价，因此而跟着担惊受怕。母亲对自己的礼仪风度、在社交场合上恰如其分充满自信，发现梅的优雅非常讨人喜欢，假如梅能就地奇迹般地取代乔西，她会高兴得要命。事实上，由于纽约州的婚姻法，我似乎与乔西永远难分难解。父亲碰巧也喜欢梅，我想即使换上一只袋鼠，他也会感到欣慰。我和乔西一九六二年分手，之后她特地赶去父亲在新泽西南部的办公室，声称我没有尽责付扶养费，所以要他子债父

① Stony Brook，那里有纽约州立大学石溪分校。

还。父亲正确地反驳，说我在履行我的法律义务。结果，她当面申斥父亲不负责任。

梅在上城的公寓相当宽敞，布置舒适，全无刻意或自命不凡的装饰。但她的所有物仍清晰地反映出她所属阶层的传统品味。这显示，即使她心甘情愿地向我那些纽约朋友的社会风格看齐，她仍会以各种方式与自己的出身藕断丝连。他们中大部分是犹太人，背景与我的相仿。至于她的朋友——她已认识多年，有时还要她提供室内装潢服务——在与他们出去玩了几个晚上后，我不得不和蔼可亲地告诉她，我不是很喜欢。原来她自己对这些人也心生厌倦，经过我的大力劝说，决定放弃上东区公寓那些反反复复的装修工作，重返亨特学院，完成她的本科学位。一九五二年，她在史密斯学院遇上感情危机，不得不中断学业。二十岁的她回到克利夫兰老家，过上了颇受保护的富家小姐生活；她初入社会，复又从中隐退，所以并不愉快。一方面，我想帮她重返社会，拥抱新的生活；另一方面，我又不愿她向乔西学习，放弃过去，切断与出生地的联系，即使我自己在梅的领域里是不受欢迎或忐忑不安的。此外，现在让我俩互感兴趣的，正是我俩各自社会关系的千姿百态。

我俩在二十多岁后期都对性心存戒惧，关系进展得比较缓慢。待到时机成熟，肉体的激情成了慰藉和幸福的源泉，更带上神秘的色彩。梅的裸体散发出一种偷偷摸摸、腼腆害羞的韵味，激起了我好几年未感受到的柔情饥渴。它的主人性情温和，即使在最遥远的梦中也不会伪装怀孕，或故意让自己怀孕，铸成一个自己在病理上痴迷的场景：让自己成为无助的受害者，让男的成为无情的加害者。梅的欲望中没有计谋，假如真有，她就不会在欺负天真女孩的骗子手中一再受骗上当，先在大学，后在她单独生活的纽约。我从她的身体曲线和凝视中读到了坦率，这似乎是她正直诚实的铁证。我疲惫的性能力从中获得鼓励，我重获新生。

由于我与罗伯特·布鲁斯坦交好，梅和我连续两个暑假去玛撒葡萄园岛上租住。他在哥伦比亚大学教戏剧，又为《新共和》撰写剧评。平时，鲍勃和妻子诺玛住在曼哈顿上东区一套大公寓里，我刚来纽约独自生活时，常去他那里吃晚饭。我在布鲁斯坦家的餐桌上，为闹哄哄的犹太题材的喜剧，找到了懂得欣赏它的听众。那些喜剧一点也不像我正在写的《当她是好女人的时候》，其女主人公是美国利伯蒂森特的露西·纳尔逊。我的下一本书《波特诺伊的怨诉》，其精髓刚开始时只是一种即兴娱乐，提供给鲍勃、诺玛和他们的朋友。这些朋友后来又成了我的朋友，都是我这一代的都市犹太人。他们与父母走得很近，接受心理分析治疗，冲破高雅原则的束缚，在专业上受人尊敬，喜爱滑稽的即兴节目，更喜欢将塑造犹太性的共同价值转变成闹哄哄的喜剧神话。自从我离开芝加哥，和乔西在罗马、伦敦、艾奥瓦、普林斯顿开始婚姻生活后，便与他们失去了联系。他们知识渊博，能从哪怕是最微小的细节中分辨出报告文学的结束和达达主义的入场，更能享受其中模糊不清的相互交叠。他们丝毫不为自己粗鄙的犹太血统感到困窘；对自己在美国的平等地位充满信心；不是逃避而是通过家人的移民经历来感受自己的美国性；厚颜无耻地展示从自身经历中炮制出来的虚张声势，并为此而欢呼雀跃。

我们的出身标志了我们自我表达的风格，没让我们觉得身处美国社会的边缘，似乎还把我们推到了纽约粗暴、挑剔、具有潜在的爆炸性的文化氛围的中心。这种文化氛围由对越南战争的愤慨演变而来。林登·约翰逊背叛了自己在一九六四年竞选中不同于巴里·戈德华特的每一条外交政策，在短短两年中，让自己沦为民众蔑视的天然的目标。我在自己的一生中还从没看到，以如此激烈的想象力，以如此浩大的规模，来蔑视享有如此权力的大人物。他的政治立场在许多反战人士中激起了势不可挡的挑战，矛盾的是，他倔犟的个性看起来就是那挑战的源泉。他本身有一种躁动和失控的倾向，庞大的躯体又给人以愤怒的乳齿象的遐想。不管是东南亚的冲突，还是分裂国内社会的戏剧性争斗，他都是那个始作俑者。在我看来，他的形象显得可恨、若隐若现、不受控制，至少在最初阶段，激活了梦幻般的猥亵性的讽刺。到了六十年代中后期，这一类讽刺开始向正常社会的几乎每一条神圣规则提出挑战。

我离开妻子，自普林斯顿——只要我仍是那里的老师，乔西就把它当作自己的家——回到纽约，结果找到了《波特诺伊的怨诉》一书的灵感，其一九六九年的出版决定了我未来十年中的每一个重要选择。那些与我投契的犹太朋友，他们作为读者愉快地从书中认出我在餐桌上的叙述。我尖锐的心理分析，除了重新缝合自己因婚姻而支离破碎的信心，还蜕变成一种鲁莽的叙述性披露的典范，与我从亨利·詹姆斯那里学来的完全无关。梅值得信赖，极其温柔，本人也在渴望温暖的关爱。我俩植根于半家庭生活的互补疗愈，以稳定、振作的步伐向前迈进。梅的非犹太性，既来源于她的幼时教养，又因遗传标记而凸现出来，让她成为无可置疑的雅利安人，就像我是犹太人一样。她不会像乔西一样，琢磨如何去伪装或摒弃。换言之，我们恋情中有一种普遍的人类学意义，帮助勾划出族群之间的差异，更形成了波特诺伊疯狂自述的动力。

最后还有针对总统和他的战争的大张挞伐。引发这场攻击的，恰恰就是约翰逊自己幼稚可笑的虚张声势。他即便在言辞上极尽鄙视之能事，仍以失败告终，犹如在蜂拥而至的语言炸弹面前，不得不仓皇出逃。激怒出来的谩骂如此强大，以致能深深伤害像林登·约翰逊那样的庞然大物。我因此而目瞪口呆，尤其是，我在个人和文学的自我征服道路上，刚好经历了一段漫长且不自然的插曲。

我与梅在葡萄园岛上度过了第二个无比治愈的夏天，到秋天我正好三十四岁，对自己与死神的照面茫然无知。禁锢在医院的我，刚刚觉得体力有所恢复时，便向外科医生询问，自己会错过多久的秋季。他脸上浮起困惑的笑容，回答说："你还不明白？你几乎错过了一切。"我听懂了他的话，永远都不会忘记，但我的感觉不是我差点死去，而是我见了死神，却胜利而归。我觉得，在今后一千年中，可以不必担心自己死去。

令人惊讶的是，我没有把我爆裂的盲肠当作乔西做的手脚，可能是因为扩散到我全身的腹膜炎毒素并没有她一连串道德控诉的伴陪。这是一种完全不同的折磨，也是拖延长达十年的尾声。它显然源于家族遗传，曾给我带来荒谬的体力考验。我感受不到任何个人的敌意，这岂不是一种解脱。它杀死了我的两个叔父，差点在一九四四年杀死我父亲，现又来尝试杀死我，只是没有得逞。这种严酷考验的幸运结局，极大地加剧了你对个人命运中机遇的尊重。舒适的康复阶段一旦开始，你似与几乎每一个有幸活着的人都生出了感伤的亲情，荡漾在欢愉之中。与此相反，我与乔西的生活却让我陷入了一个怪异的困境。那个不幸的婚姻，除了自有的倒霉，还包括不时挂在嘴上的谋杀威胁。我像芸芸众生中的一员，为自己作为腹膜炎幸存者而感到强壮和幸运。但我永远也弄不清楚，忍受乔西以及从她手中幸存下来会让我心生何种感触。这个疑团的存在，绝不是由于我的懒惰。多年来，我一直在痴迷地考虑、默思、虚构，我到底是如何让乔西黏上我的。很明显，在我落笔写出本书时，我对之仍耿耿于怀。

每天晚上一到晚餐时间，梅就来医院见我。她白天有亨特学院的课，又在默里小山区的贵格会兼职做征兵顾问，向年轻男子建议代替兵役的其他选择。这项工作与她的气质并不相宜，但越战以出乎意料的方式激起了她的愤慨。她不是发现自己可奋起反对的唯一美国人，然而对她来说，采取公开行动成为反对派并非易事。她的信念有时促使她打电话给管理她信托基金的克利夫兰银行家，让这位极端保守的家庭朋友从基金的投资组合中，剔除像陶氏化学那样的“战争股票”，她并没有因此而喜出望外。当然，她的曼哈顿老朋友在这位退隐女继承人的转型中，无疑看到了我和我朋友咄咄逼人的“政治”影响。倘若全靠自己，又身处旧的环境，她可能不会自发转变成一名热诚的反战者，这也是事实。不过影响她的，与其说是我的立场，倒不如说是我俩恋情所激发出来的自信。她由此而生出一个信念，她（长期受困于似乎是不可改变的现实，为他人的室内装潢收集样本）希望能帮助改变美国的战争政策，同时也改变自己的命运。她几乎是全方位地投入行动，她自我保护的最后一丝温顺基本上已经消失，反而流露出一种感人的生气，有点像我在她裸体时察觉到的讳莫如深，将她特有的从容转换成真正的镇定，别有一番魅力和效用。

我接受急性阑尾切除术的一个月之后出院，两个星期后又意外地住了院。这次是为了割掉没有萎缩、反遭感染的爆裂盲肠的残余。我又住了一个月的医院，等到出院时，我单薄得像高中三年级的学生，但终究恢复了健康。我和梅奔赴佛罗里达的西海岸，去一座小岛休养数周，中途停在迈阿密海滩吃午餐。我父母和一些纽瓦克老朋友，在该地的同一栋公寓大楼过冬。过后，我们开着租来的汽车驶向迈尔斯堡，开上堤道，来到卡普蒂瓦。那里没有太多的活动。我们伴随捡贝壳的老人在海滩漫步，观赏飞翔中的鹈鹕以及海边游过的海豚；有两天的清晨，我们带上午餐去鸟类保护区，用望远镜追踪鸬鹚。大多数的时间，我感到无聊和焦虑。我因身体状况一直不好而被迫闲下来，如今变得急不可耐，亟想早早回到自己的写作中去。一本新书正在酝酿当中，我很害怕失去先前马不停蹄的节奏。《党派评论》出了“重击”专栏；刚在《新美国评论》走马上任的泰德·索洛塔罗夫在第一期中开设了另一专栏，希望有更多来稿；我在兰登书屋的编辑乔·福克斯和贾森·爱泼斯坦，在读了我的初稿后觉得我大有可为。我要回去工作，泰德要我回去工作，贾森和乔要我回去工作。但最想要我回去工作、完成我已开始的，可能就是乔西。纽约出版界的传闻称——乔西终于干上了出版工作——我的新小说，假如真像索洛塔罗夫、爱泼斯坦、福克斯所赞誉的那样，将会赢得一笔巨额的预付款。

我一九六七年秋病倒时，与乔西分居的最坏后果似乎已告终结。我离开乔西已有五年，但她仍不愿离婚，并计划在新的一年将我带回法庭，再一次试图增加每周一百二十五美元的扶养费。我已很久没看到法庭之外的她，也很久没听到她白天打电话来指控我有多邪恶，或在通常已喝得半醉的深夜打来电话宣称：“你在与黑女人上床!”我在一九六二年的最后几个星期与她分手，从普林斯顿搬至曼哈顿。八个月后，她也跟着来到曼哈顿，希望恢复因与我结婚而中断的计划——在出版界工作——同时又要我在经济上支持她。要实现这个目标，最好就是搬来我居住的州。而且，该州过时的离婚法律规定，如果她喜欢这样，我将永远是她法律上的丈夫。

她住在纽约，可以更好地掌握我的行踪，尽管她的两个孩子现在就读于靠近芝加哥的寄宿学校，由她前夫的姨父和姨母照看。有一次，她十二岁的女儿海伦趁假期来东部看望母亲。那晚我安排跟她先去吃晚餐，再去剧院。我们在座位上等待演出开始时从过道上收到一张传票。我立即认出那位递送传票的彬彬有礼的绅士，以前在牙医处他就给我送过一次。我在海伦面前假装这封信正是我所期待的，向他表示感谢后将它塞进外套口袋。中场休息时，海伦在大厅喝橙汁，我去洗手间的隔间，打开信封读到传票，简直无法抑制自己的愤怒。召我去法庭面对又一轮赡养费纠纷的传票，满可以在一周中的任何一天送到我的公寓；我在大学有教学工作，在纽约的分租公寓已住了数月，显然不会逃之夭夭。尽管如此，乔西仍安排我在款待海伦时收到这张传票，好像她的女儿还没有在两性对抗中伤痕累累，好像我让孩子享受愉快时辰的能力非受损于我俩冲突的复燃不可。

海伦和我俩在艾奥瓦同住了一年。其时，我在州立大学的作家工作坊教学，当上了她的代理父亲。海伦非常需要他人的帮助，但也颇讨人喜欢，为她承担严格的父母责任不只是一个额外负担。她在学习上的处境让人同情，需要大量的关注，但她又是个爱笑的小姑娘，让我们最好的朋友都感到亲切友善。无论是带她去艾奥瓦看足球比赛，或去冰冻的河上滑冰，还是在她的帮助下耙走秋天草坪上的落叶，都会其乐无穷。乔西高兴地看到海伦和我越来越亲密。但几个月后，当家庭生活成为日常，她惊人的爆发又会投下骇人的阴影。她会突发长篇大论，述说起男人的道德操守，最终还会警告我，如果我敢碰她十岁的女儿，她就会将尖刀插入我的心脏。有天晚上，我们在卧室里争吵的高潮就是这样一个威胁，我等到每个人都睡了后去厨房汇集了所有的刀具，将之锁在汽车的后备厢。第二天清晨，海伦独自一人在厨房准备早餐，我身穿睡袍下来，看到她一脸困惑，忙问："发生了什么?""我上学快要迟到了！想把柚子切开却一把刀也找不到!"我赶紧去车库为她取回一把。

到一九六七年，我仍在负担相当于我收入一半的扶养费。律师让我明白，如果我的收入大幅增加，扶养费也会按照同样比例大幅增加；此外，我余生都要承担扶养费，直到乔西再婚。对我来说，扶养费就好比法庭下令的抢劫。在开支票时，我想起这短暂的婚姻当初是如何发生的，真是不堪回首，没齿难忘。我忘不了，因为我是替罪羊，更因为尿样的故事是我听到的最棒的故事之一。假如我是皮肤科医生或工程师或鞋匠，五年之后可能只为扶养费感到气闷。从我这儿拿走扶养费固然让我痴迷，让我同样痴迷的是她送给我的这个故事——对从事我这份行业的人来说，它实在是太好了，让我舍不得放弃。

事实上，《当她是好女人的时候》本来让我有机会用到这个故事。几次零零碎碎、颇不理想的草稿之后，它偏离了这个目的，结果成为一个想象的阐述，既是自由的发挥，又传承了原先的精髓——甚至遵循了事件发生的顺序。它的内容是有关她成长、青春期、第一次婚姻的传奇。那是我在芝加哥的厨房桌旁听到的，其时我俩还是恋人。

在一九五九年和一九六二年之间，我们几次去她的老家安全港，作为期一周的访问。那是密歇根湖东岸的一个度假小镇，我得以了解乔西故事中的主要角色。安全港这个地名，像孟买一样，深深地镌刻在我的脑海中——其时，我丝毫没有想到，这里的环境还可成为我故事的背景。她受苦受难的非犹太人家庭的凄惨传奇就发生在此地，所以令我好奇。我是她外公梅尔·赫伯特——亲戚们都叫他梅尔爸爸——的客人，住的房间恰好是乔西从小使用过的，因她父亲养不起家，一家人只好搬来与赫伯特同住。晚饭后，我和梅尔爸爸坐在前面门廊上，听他谈论往事。他温和且高雅，是一名退休的木匠和纯朴的小镇居民，自豪地宣称自己没有丁点的怀恨在心。我问起斯莫克·詹森，他不得不承认，这个女婿令人失望。乔西的母亲当时住在小镇商业区十字路口附近的小公寓，离她担任广告经理的地方报馆不远。乔西向我描述，她母亲是她父亲手下无助的受害者；但在梅尔爸爸的介绍中，她母亲似乎更积极入世，更自给自足。我俩很快建立了友谊。不过，我写《当她是好女人的时候》时放弃了自己的观察，反而遵循乔西的叙述模式——在此模式下，她依靠本能所做的决定才显得更致命，因此而发生的一切才显得更严厉、更生动——我把她想象成受辱年轻女主角的母亲，像乖女儿一样显得幼稚，对不负责任的丈夫毫无戒备。

这本书最终成了一部时间机器，让我去回顾和探索那个疯狂的超级道德家的起源。我当时才二十岁出头，对她的要求无法推卸。我试图撇开自己所遭受的折磨，弄懂这种破坏力，再让自己摆脱她的魔力。我的方法是，追溯魔力的本源，仔细循着使之定型的受害和失望的历史轨迹，直至随之而来的可怕后果——再说一遍，这不是指我们婚姻中的大爆发（我为逃离婚姻的羁绊奋斗得太辛苦，以至于不愿在此再浪费精力），而是指新的假设下可能产生的后果。新的假设就是，她不是一个乔西，靠逃离出生地来逃避过去，在海德公园找到一份工作；而是一个露西，与她的出卖者、懦夫、仇敌一起，禁锢于激怒且鼎沸的家乡。我在《当她是好女人的时候》中，摆脱了她的传奇所笼罩在我意志上的魔力；领悟了受害者遭受的内心畸变——这种受害可能是最怪诞的，不可避免地将走向自我毁灭——尽管这个领悟姗姗来迟，来之不易；再以此来渲染这个将苦难当作福音、诱人赎罪的魔力。

露西在《当她是好女人的时候》的结尾悲惨死去，这既不是一厢情愿的想法，也不是作者的惩罚。我实在想象不到，她那么坚持地担忧最基本的人权，那么为敌人而心神不宁，那么不依不饶地目中无人，又是在那么一个小镇，除了疯人院或坟墓，她的崩溃还能有其他结局吗？

一九六八年四月，当无线电台传来马丁·路德·金被枪杀的消息时，我几乎是休斯敦大街巴拉托餐厅中唯一的顾客。餐厅主人，即我已故的朋友约翰·巴拉托，以拳头猛击我们坐在一起聊天的桌子。他是一名温文儒雅的绅士，出生于西西里岛，曾是纽约小意大利区的工团主义者。“那些狗娘养的！”约翰气愤地说，他早已热泪盈眶。“那些畜生！”我附和道，随即走到电话机跟前，给在贵格会中心上晚班的梅打电话，约定到她公寓见面。我们后来一起坐在床上，一遍又一遍地观看孟菲斯市的电视画面，不管播了多少次，仍然是那么可怕或真实。我先给朋友打了电话，再打给父亲。他说：“纽瓦克要闹事了，你会看到。”他重复说了好几遍，当然，他是对的。梅看到记录了金在公开场合的那些伟大时刻的电视短片，不禁哭了起来，但我没有——我从来没有见过金，但在我的印象中，他的魅力似乎离我很远，几乎是枯燥无味的，他道德的自我概念具有大山大川的规模，不在个人层面上，所以他的去世在我身上激发的不是怜悯和悲痛的眼泪，而是一种不祥的预感和恐惧：无法形容的犯罪将铸成不堪设想的社会灾难。

鲍比·肯尼迪几个月后遭到暗杀，梅和我当时正在观看加州预选的结果，所以事发几秒钟后就获悉了噩耗。我为支持尤金·麦卡锡竞选民主党总统候选人签署了广告，并出席了支持他候选人资格的会议和集会。不过在一年前的夏天，我和梅还是很享受与肯尼迪同桌的那次晚宴，那是在迪克·古德温的家。他既是鲍比演讲稿的撰写人，又是我在玛撒葡萄园岛的熟人。那晚，肯尼迪谈笑风生，浑身散发活力和魅力，也许是我们十个在座者中最享受美好时光的，他显然对梅的克利夫兰背景大感兴趣。她就坐在他的身旁，调情式地向他问东问西。等到晚宴行将结束时，他故意以让我也能听到的声音，大声对她说："罗斯先生会娶你吗？"梅笑着回答："还有待观察。"他向我展示了一个像富兰克林·罗斯福那样的招牌式笑容，随即以类似的虚张声势问："罗斯先生，你打算娶这个女子吗？""参议员，这视情况而定。要看在你的州里，我能否与现任妻子离婚。"肯尼迪回答："你是想让我查询一下，是吗？""我不会说不，但我也无须告诉你，我能让此事值得你花时间。"于是，肯尼迪参议员一边愉快地抽着雪茄吞云吐雾，一边转向他的立法助手，叫他查清罗斯先生的离婚事宜，以便后者能尽快与阿尔德里奇小姐成婚。

鲍比只是一名基于人性标准的政治人物。所以，在他被暗杀的当晚以及之后的日子里，大家觉得自己见证了一起残暴的诛杀，其对象不是像金一样追求正义和社会变革的伟大人物，或人民悲惨命运的伟大象征，或具有巨大潜能的宗教领袖，而是一名对手——他至关重要、不完美、高度紧张、自负、富有竞争性、颇有才华，既可以很体面，也可以很恶劣。这个孩子气的政治家才四十二岁，野心勃勃、精力充沛、毫不掩饰。对他的谋杀，既是对普通人的所怀希望的犯罪，也是对独立欲求的犯罪。肯尼迪总统在四十六岁遭到谋杀，马丁·路德·金在三十九岁遭到谋杀，现在又发生了新的谋杀，从而唤起了最简单、最熟悉的绝望形式。

夹在马丁·路德·金和鲍比·肯尼迪被暗杀的中间，乔西也迎来残酷的命运。五月的一个凌晨，死神在一瞬间降临，她乘坐的汽车在中央公园偏离马路，撞上了树干或灯柱或混凝土桥墩。通知我此事的人员当中，似乎没人确切知道到底撞上了什么，或在哪里撞了车。肇事司机是一名编辑，曾是乔西在出版界的上司，根据我的听闻，最近才把她解雇。他是黑人的事实，让我忆起从普林斯顿搬来纽约旅馆后在深夜接到的电话。乔西在那些电话中醉醺醺地指控，我与“女黑人”睡在一起——我虽然忆起这些通话，却无法由此而加深对乔西的了解。我记得，卖给她尿样的孕妇也是黑人——乔西会否把她想象成与我在纽约旅馆睡在一起的女黑人？只有偏执狂的上帝才知道这个疑问的答案。

那位编辑没受重伤，在葬礼上出现时，只是一只眼睛上方贴了创可贴，显得茫然若失、惊魂未定。我们在介绍时互相握了手，我想最好还是不要对车祸显得好奇。为乔西送葬的人群中——同属一个心理治疗互助组，对我的残忍了如指掌——已经有人在想，我是否以某种方式成为这次车祸的帮凶。不管是当时还是以后，那位编辑无意向我解说车祸的前因后果。事实上，我与他在葬礼上握手之后——他可以被视为一个工具，扯碎了我永恒的一纸婚约，也消灭了她和纽约州声称的我的最后一点职责——再也没有见到或听到过我的这位救星。

倘若我认为自己在《当她是好女人的时候》中预言了乔西的死亡，那岂不荒谬。乔西死于与露西·尼尔森完全不同的情形，她的意志在车祸中没有发挥作用，而露西怒后作出的决定，导致了自己最后冻死于雪地。我在《当她是好女人的时候》出版一年后获悉乔西的死讯，该书的结局与实际发生的事件竟有如此不可思议的重叠，这让我惊异不已。我发现自己很难相信，车祸的发生与乔西的意志无涉，可能是因为我从未忘记：一九六〇年春末，我驾驶一辆雷诺离开意大利，在群山中朝北开往法国，途中我们发生争吵，她发疯似的试图抢方向盘，想让我俩同归于尽。我把乔西挑衅性的极端主义人格化了，那就是露西·尼尔森。那么，实际情形是否“验证”了这个人格化的露西劫数难逃？我永远都没有答案，即使有了答案，又有什么用呢？

其时，乔西的女儿十七岁，离开了芝加哥的寄宿学校，搬来纽约与乔西同住，就读于附近的公立高中。根据我住在同街的朋友所说，她因直言不讳的反战姿态而变成“河内市的海伦”。星期六清早，就是她给我公寓打的电话。我那时刚从梅的公寓回来，坐下准备工作。她说乔西已死，《我作为男人的一生》中几乎有相同的场景，我像彼得·塔诺波尔一样，也不敢相信。我被妻子骗了不止一次，但很难想象海伦——我和她的关系仍然温和亲切，不再是焦虑父亲式的，更像是叔叔式的——会与乔西共谋，设出一个如此怪诞的骗局。我的第一反应是全盘怀疑，我想这是一个把戏，为了让我说出搬起石头砸自己脚的话，再记录下来，以说服法官在下一次听证时增加我的扶养费。尽管我希望和祈祷我最凶狠的敌手从自己生命中消失，但我当时不相信奇迹，也不相信她会在一场车祸中突然被铲除。恰恰又是在梅和我周日散步的中央公园，我们跟随成千上万的反战人士，前不久还在那里示威抗议。前一天晚上，我只是闭上眼睛睡觉；到如今，一切烦恼都烟消云散。谁会那么天真，接受如此的解释？即使我听说，她是在汤普金斯广场公园九年前购买尿样的同一地点遭人棒击而死（在美学上更为对称）；这种解释造成的荒诞，与车祸相比，也不过略胜一筹而已。

我要海伦缓慢重复刚才讲过的话。她又说了一遍："妈妈死了。"我将信将疑地问："她现在在哪里?"她的回答足够具象化，使我从自我保护的怀疑中苏醒过来。她回答"在太平间"，并开始哭了起来，"菲利普，你必须去认尸——我都不敢!"我在几分钟内赶到她们位于西二十街的公寓，当然我以前从没来过，陪伴海伦的是乔西的某个好友。散落在公寓四周的有我们结婚后积攒的各式物件，其中大多数是价格低廉的小艺术品，是我们当年凭借古根海姆奖学金去意大利一年，归国时带回来的。我的目光停留在书架上——我俩曾在法官面前针对书的归属有过一次情绪激烈的争吵。之后按照他的智慧，我作为研究生以二十五美分一本购得的现代图书馆旧小说由我俩平分。我（几乎）已经忘记了此事，直到我在她客厅的书架上又认出了其中几本。即使有乔西朋友的在场和海伦明显的悲伤，我仍然觉得这好像是一个圈套，一个过于疯狂且异常残忍的圈套，自己最好谨言慎行。我处在一种类似于震惊的状态，坚持认为她没有死，认为她可能正跪在通向隔壁房间的门后，旁边有她的律师，甚至法官。"尊敬的法官，看他多么享受我的死亡?就像我们告诉你的，他的心是火石铸成的!”

假如我没有参与，她怎么会死去?

海伦再次问我能否去停尸间，我说去认尸恐怕不妥，除了我和她以外，还有很多其他人可以帮忙，如果她愿意，我可以安排葬礼。过后不久，我就赶去麦迪逊大道和八十一街的弗兰克·坎贝尔殡仪馆。在那些时日，我还没有在纽约随意乘坐出租车的习惯。事实上，我正准备搭地铁去上城，却突然意识到没必要再像以前一样节衣缩食，她不会再来分走我的收入。这是我鳏居后的第一个有形结果——我可以坐出租车去殡仪馆来将她埋葬。

周六早上从西二十街到殡仪馆的车程不会超过十分钟。出租车停在坎贝尔门口，我付钱给司机。他转过身来微笑地看着我:“提早获得了好消息，对吗?”我大吃一惊，半晌才得出这样的结论:我一定在出租车中吹口哨吹个不停，我的家人都是忍不住会吹口哨的人——不然，他怎会知道?

海伦告诉我，乔西留下了指示说死后要有犹太人的葬礼。所以，我为她安排的就是犹太人的殡仪服务。在殡仪馆长的办公室，我坐在拉比旁边，商定他届时诵读的圣诗，这真是别有一番滋味。根据某些记录，他竟是那些认为我已威胁到犹太利益的纽约拉比中的一个(像她坚持要出席诉讼却又擅自离世一样，其中的原因不可思议)。但我在出席殡葬仪式时，没有戴上圆顶小帽。

假如拉比提出这个要求，为了尊重死者的信仰，我愿放弃自己的世俗信念。看到棺材时，我对乔西说："你死了，我无须再戴小帽。"于是这位已离世的犹太人回答："祝你好运！"其实是我在帮她回答。我这样做，是因为她永远都不会答复我，我也永远都不会答复她，或她的传票——当然是指在小说之外的世界。她死了，不是我杀的。但我仍需多年的不幸实验，以清除自己身上的积怨，以学会把对她的憎恨当作客观的主题，而不是自己行为的动机。《我作为男人的一生》引发了读者不屈不挠的疑问，与其说是我对她的复仇，倒不如说是她对我的复仇。它的创作遇上了一个又一个错误的开端，持续了多年，几乎摧毁了我的意志。比这个写作经历更糟的唯一一点，是我既忍受了那个婚姻，又无法将之想象成一部颇具说服力的小说，独立存在于作家之外。

事实上，假如不是因为对海伦和她弟弟唐纳德——其时是芝加哥住宿学校十八岁的高中生，与他父亲和父亲的姨妈一起，从芝加哥飞来参加葬礼——残存的责任感，我会认为自己出席坎贝尔殡仪馆的仪式是非常不妥的，更遑论想让在场的人意识到我的心不是火石铸成的。我觉得自己正是她在一九五六年芝加哥分手后一直指责我变成的那种人，她需要她的配偶是一个丧尽天良、毫无恻隐之心的怪物，这个愿望经久不衰，终于得以实现——她死于三十九岁，我一点也没有感觉，仅有不可估量的解脱。

海伦和唐纳德坐在我和他们的父亲中间。他们的父亲是小镇无线电站的工程师，四十年代退伍回来后就开始与尚是高中生的乔西约会。他虽然表现得彬彬有礼，但没有理由喜欢我。一九六〇年的秋天，乔西和我从罗马返回，发现本该与前夫及其新婚妻子同住的两个孩子，却与他一个人生活在伊利诺伊南部的郊区住宅楼。显然，新婚妻子在我们仍在国外时跑掉了。我其时浑身散发慷慨激昂的道德热情，上法庭把他给告了。改变这种安排的计划最终还需要法庭的执行：让乔西收回子女的部分监护权，让唐纳德寄宿于一所私立学校（我对此项费用有所贡献），让海伦来艾奥瓦与我们同住，我正好在那里的写作坊从事大学的教学工作。

我以自己的全部精力——加上我少量的现金储备——投入这场法庭争斗，经常打电话、写信给我们在芝加哥的律师，核对有关细节。两个孩子在节日和周末来访艾奥瓦时，我还尽量赢得他们对新计划的信心，即使他们的父亲持续表示反对。我们还积极安排他们一起去长岛的阿马甘斯特避暑。海伦和唐纳德的在校成绩远远落后于其他同学，却要见证又一个破碎的婚姻。我想，新计划将对他们大有裨益；同时，关心他们的福祉可能以某种方式减轻乔西的绝望。这种形式的救援行动可能困难重重，在强大且和谐的婚姻中却是水到渠成的。而我们的婚姻，甚至在开始前就已不可救药；在这样的婚姻当中，她不幸孩子的可怜需求成了一种工具，以重新激活我们当初疯狂结合的动力。她过去混乱的情感的残骸再一次启动了我灾难性、糊里糊涂、不可理喻的责任感。

一九七五年，中西部城市一家犹太社区报纸的记者发现，我的“继子”——长篇文章“波特诺伊爸爸：作为继父的菲利普·罗斯”对唐纳德的误传——是一名年轻的卡车司机，已婚，住在当地一个工薪阶层社区里。文中的唐纳德活泼、毫无顾忌、对社会问题颇感兴趣、直截了当、热情开朗，让你联想到优秀的社区活动组织者。事实上，他在业余时间的确担任此职。在采访者面前，唐纳德准确地忆起我们之间的关系是友善亲切的，全为督促他学习——如他所描述的，是“积极上进”的：“我必须说，如果没有菲利普对我人生的积极影响，我今天可能会待在监狱里。”他还记得，我给他书读，有一年夏天辅导他的入学考试，教了他基本的欧洲历史，因为他曾就二次世界大战中纳粹和犹太人的关系天真无邪地发表了一些幼稚的误传，让我听了心痛。他唯一的记忆失误与乔西的葬礼有关，他告诉记者——当记者问起时——我并没有出席。

事实上，我坐在离他仅一个座位的地方。葬礼结束后的第一个早晨，我把唐纳德带去比尔特莫尔酒店共进早餐，谈起他的大学计划。他当天与自己的父亲一起飞回芝加哥，我自那以后再也没见过他，直到这个好奇的记者给我发来他对“波特诺伊继子”的采访，还在附函中向我提供对他文章做出表态的机会。来函中有一张转载自《纽约每日新闻》的照片，那是一九六四年，乔西和我为分居而出现于纽约最高法庭大楼；另有一张唐纳德的照片，他看起来约摸三十岁，留着小胡子，头戴便帽，坐在自己小卡车的方向盘后面。

我吃完与唐纳德的早餐，在回到基普斯海湾区的小寓所之前——也回到写作因海伦的电话而被打断的地方——特意走到中央公园，尝试找到害死她的车祸的肇事地点。那是一个阳光灿烂的春天早晨，我在草地上坐了近一个小时，抬起头让脸上洒满阳光。不管喜不喜欢，我就是这样做的：以自己鲜活的肉体来迎接明媚的阳光，并因此而荣耀。“她死了，你却没有”，在我看来，这就是一个总结。我一直懂得，如要这该死的一切彻底了结，我们当中一定要死掉一人。

她葬礼的几天后，我几乎是在一夜之间，安排了去萨拉托加温泉市的雅斗艺术家聚居地作客。以前在两个学期的中间，或暑假期间，我经常会去那里奋笔疾书，尤其是在我遇上梅之前。那时我重回曼哈顿，单独住在一个花哨的分租公寓，穷于应付赡养费的纠纷，对任何他事几乎都无暇顾及。乘坐港务局总站的巴士离开曼哈顿，前往宛如避难所的雅斗聚居地，对我来说却是很过瘾的秘密仪式。尽管对在纽约打车的态度已变得轻松，但我还是决定不打车。我身穿旧衣出现于公交车站，登上北行的阿迪朗达克巴士，在沿高速公路的长途旅行中，重读我草稿的最后两章。其时的雅斗聚居地仅有七八个住客，我发现自己的想象力变得异常活跃，每天在僻静的山坡小屋持续工作十二至十四个小时，直到完稿。然后坐巴士返回，感觉自己已胜利在望，坚不可摧。

罗斯家族的威胁——腹膜炎杀不死我；乔西已死，不是我杀的；我的第四本书在生命力和设计上迥然不同于我的前作，是我在紧张刻苦的努力中一气呵成的。刚开始，它只是分析性独白中一种活跃的半伪造的版本，很可能是我自己的版本；通过荒唐的发明，将不断增长的夸张和怪异的传奇地位授予父亲、母亲、犹太儿子所组成的非神圣三位一体，遂渐渐远离我自己的版本；到最后，更被改造成一种全方位的滑稽的反分析。它无须效忠于真实的事件和人物，所以比我自己的分析更有趣、更形象、更清晰，只是这种清晰并不太涉及我个人的困境。这本书与其说把我从犹太性或我的家庭中“解放”出来（许多人以《波特诺伊的怨诉》为依据，相信我与这两者格格不入，遂作出了如此的预言），倒不如说把我从自己的学徒文学模式中解放出来，特别是从厉害的研究生权威亨利·詹姆斯那里——他的《一位女士的画像》简直就是我《放手》初稿的指导手册，还从福楼拜的案例那里——他对小镇女子灾难性妄想的冷漠讽刺，让我在斟酌如何观察《当她是好女人的时候》人物时痴迷于翻阅他的《包法利夫人》的有关章节。

我在雅斗小屋中把这本絮絮叨叨的书的最后一句，留给了沉默寡言的心理分析师，其病人就是那个在拼命扮演小丑的接受心理治疗者。这句话不仅是为了给非詹姆斯式的不雅叙事以可疑的权威印证，而且是为了让我有一个更私人的附带讽刺。它既是乐观的告谕，又是贺词："所以（医生说），现在我们也许可以开始，是吗？"

等我回到曼哈顿，我的文学经纪人坎蒂达·多纳蒂欧打电话给我的出版商，即兰登书屋的总裁贝内特·瑟夫。短短数小时内，我们就出版合同的条款达成了协议，保证我获得二十五万美元的预付款。我付百分之十给坎蒂达（写支票时汗流浃背），付百分之七十给我的会计师，让他帮我代付纽约市、纽约州、国税局的季度预付税，我银行账户的余额仍相当于我有生以来最多存款的一百倍。到了第二天，我签发更多支票，付清了约八千美元的债务，还为梅和自己买了两张头等舱船票，乘坐豪华客轮"法国号"前往英国。我们计划在伦敦分租一个暑期公寓，再开车去游览英国的教堂和乡村。梅告诉我，我需要穿燕尾服赴客轮上的鱼子酱宴会。我们便赶去总走在时尚前沿的十七街巴尼斯店，选了一套试穿。她笑了起来，半当真地说："穿上这一套，我就可以把你带回克利夫兰了。"我回答："当然，我们会在乡村俱乐部让他们惊叹，尤其是在这本书出版之后。"这是我第一次听她说要把我带回克利夫兰，也是最后一次。

横跨大西洋像是一场愉快的化装舞会，客轮杂志也来凑热闹，发表了梅和我身穿晚礼服的照片，署名为"菲利普·罗斯夫妇"。一俟我们下船，抵达伦敦，住进丽兹酒店的套房，开始寻找公寓，我的躁动重又泛起。我的英国出版商安排一名漂亮的年轻记者采访我，在第一次见面时，我邀请她与我在一家酒店共度当天下午的剩余时光，但遭到了她优雅的拒绝。我接着去了三家有名的裁缝店，定制了半打我并不需要的西装，招致了无穷无尽的愚蠢的试穿，最终还是不尽人意。我们游览著名的古老村庄，寻访最古老的盎格鲁-撒克逊教堂，面对公寓卧室大镜子做爱。我在镜子中所看到的，像古朴村庄和古董教堂一样，都抓不住我的注意力。当从英国电视上看到戴利市长手下的警察在芝加哥街头追捕雅皮士和其他与会者时，我很想知道自己到底是在干什么。美国六十年代的动荡曾使我的小说和生活精神抖擞，现在看来终于要沸腾起来；而我却跑到国外，试图享受一个美好时光。一天早晨，我无事可做，在柯曾街上闲逛，结果碰上一名应召女郎。过后，梅和我前去游览索尔兹伯里大教堂，在离开伦敦的路上，仍不得不停留于道吉·海乌德的驰名裁缝店，修改两条裤裆太紧仍不算时髦的西装裤。

假如梅和我回到玛撒葡萄园岛，租下那宁静柏油路上的小屋，然后在愉快熟悉的岛屿和亲爱的朋友中，让巨变慢慢地渗透和沉淀，我就不会体验到如此无谓的骚动，即我感受到自己几乎重生的骚动。参加“法国号”客轮上或丽兹酒店中的豪华宴会，在希尔顿酒店与娇小的应召女郎缱绻一小时，这些在象征意义上是天经地义的，身临其境也相当愉快，但对我潜在的重生没有太大帮助。这个重生似乎是我赢来的一个承诺，因为我的克星突然灰飞烟灭，束手缚脚的婚姻顷刻崩溃，反映独特风格和主题的小说即将大规模问世。那年夏天，我在英国所做的，只是在可笑地拆卸我当年为忍受苛刻批评而披上的甲壳。它曾助我奋发有为，锲而不舍。在那些岁月中，我对乔西的压榨只有无力的怒火，更在令人泄气的试误过程中，探索自己尚未开发的小说家潜能。

等到我们九月份回到美国，我已决定过全然独立的生活。在已故参议员肯尼迪的州，我现在可以与梅（或我选择的任何他人）结婚，但这想法本身变得让人无法忍受：我不愿受到束缚，更遑论受缚于另一张结婚证书。无论结婚还是同居，梅都不会有像乔西一样的潜在麻烦，但这已不是我考虑问题的症结所在。我无法隔夜就忘却从多年法律纠纷中学到的教训。我与谁发生最亲密的关系，这种关系以何种方式持续多久，诸如此类的决定权再也不能落到州和它的司法机构之手，永远不能。我无法想象自己会再次成为它们惩罚机制下的丈夫。我作为兼职老师帮助辅导了乔西子女的基本功课，虽然对父亲身份的体验非常有限，但仍感觉自己不能成为他们管辖下的父亲。传票、供词、法庭听证、财产纠纷、媒体报道、律师费用——这些对我来说，太痛苦、太羞耻、太长久，以致我永远都不愿成为那些道德低能儿的掌上玩物。更重要的是，我现在甚至不愿接受梅·阿尔德里奇的忠诚爱情的约束，那曾是治疗婚姻怨恨的一帖良药。我已下定决心，要成为完全独立、自给自足的人——换言之，在十二年之后的三十五岁，我想找回个人自由所带来的令人振奋的冒险感。在一九五六年的秋夜，正是这种冒险感促使了雄心勃勃的大一写作课讲师，身穿崭新的布鲁克斯兄弟西装，想不到还会有生命危险，在芝加哥街头勇往直前，轻易勾搭上一名金发的小镇离异女子。她只身带一双小儿女，身无分文，他以前读研究生时见过她给客人端去芝士汉堡；在他眼中，她是个典型的美国女孩，因对自己的出身耿耿于怀反而更具诱惑力。

亲爱的罗斯：

我将你的手稿读了两遍，这里就是你要的坦诚答复：不予付梓——最好还是写有关我的故事，不要去“准确地”介绍自己的人生。难道说，你让自己成为叙述对象是因为你对我产生了厌倦，认为再也不能通过我，去置身事外地探索自己经历的危机、主题、压力、惊喜吗？好吧，根据我刚才读到的，我要说你需要我，就像我需要你一样——我需要你，那是不容置疑的。即使我生出独立存在的幻觉，但要我说“我的”任何事，那都会是荒唐可笑的。我什么都欠你，而你什么都不欠我，除了随心所欲的写作自由之外。我是你的许可、你的不检点、你透露信息的关键。我从来没有像现在这样，深深懂得个中的道理。

非虚构文字所允许你阐述的，不同于你在小说中所选择阐述的。你在这本书中不能讲述你最拿手的东西。你写得亲切、谨慎、仔细——改变当事人的名字，因为你担心，他们的感受会受到伤害——不，这不是你最有趣的写法。你在小说中可以实话实说，无须担心给人造成直接的痛苦。你在此尝试表达的坦率，在我看来却像是七层面纱的舞蹈[1]——印在书页上的像是去向不明

---

① Dance of the Seven Veils，《圣经》中莎乐美的性感舞蹈。

事物的代码。你的自我抑制表现在既不愿透露某些细节，又故意放缓叙述节奏，拒绝爆发，舍弃你惯常的急性迸发。这两种做法同样令人失望。

至于特征描述，罗斯是你所有主角中被描绘得最差劲的。你的天赋不是让你的经历个性化，而是人格化，即让一个他者来体验你的经历。你不是一个自传作家，而是一个人格化作家。与大多数美国同代人不同，你的经历是逆向的。你对事实的熟悉和感觉，比不上你对小说的理解和权衡。你能让一个虚构的世界比它所依据的真实世界更令人兴奋。我的猜测是，你多次创造了自己的蜕变，以至于不清楚自己现在或曾经是谁。时至今日，你已变成一本行走的书。

你在此讲述的求学史——奔赴外面的大世界，告别自己的小圈子，让自己撞得头破血流——与有关我的成长小说相比，并没有显得更加密集紧张，或更加岁月峥嵘。唯一的例外，是你在婚姻中所承受的折磨。你指出，类似的经历最终成为我不幸前任塔诺波尔的命运，我因此而对你感激不尽。但在犹太人反对我写作方面，我谨希望自己的家人能像你的家人一样，对我的职业没有如此强烈的反感。

我不知道，假如你垂死的父亲因你写的东西而六亲不认，你会有怎样的切身体会。我向你保证，那绝不同于在叶史瓦大学承受一百个晚上的煎熬。我父亲对我的谴责，显然让你有机会在犹太人的临终场景中大显身手。像你这种性格的人，对此是无法抗拒的。我现在才知道你父亲对你最初几篇小说满腔热忱，对它们的出版充满骄傲，我既羡慕又觉得上了当、被滥用。这样说不知妥不妥当，你会有同感吗？如果说乔西黏上你有艺术上的原因，说你的受苦受难仅是小说的必需，说该小说甚至都不是你自己的，你至少会感到忐忑不安吧？你会怒气冲冲，比你以为她是无缘无故地落在你头上时，更加义愤填膺。

我是永远固定不变的，如你所设计的——其他的不谈，只是一名未获父母支持的年轻作家。至于你是不是你自己声称的那种人，还得另当别论，需进一步的调查。作家选择在小说中透露什么，基本上由审美动机决定；我们依据作家讲述的故事，再来判断他或她本人。但对一名自传作家，我们要在道德上加以判断，因为相关动机主要是伦理的，而不是审美的。作家是否在隐瞒自己的动机？在展示他或她的行动和思想时，是为了袒露相关情形的本质，还是为了匿影藏形？换言之，滔滔不绝是为了不露马脚。在某种程度上，我们都在这么做，但传记作家必须尽力抵制伪造、篡改、否认的普通冲动。这是真的“你”，还是你希望的读者眼中五十五岁的你？你在信中告诉我，这本书好像是你第一次在“不知不觉”中写成的。你的意思是，《事实》一书其实是你不知不觉的小说？你难道自己也不清楚小说创作的诡计吗？想一想其中的排斥、选择、面对现实的态度。这些操纵是真正无意识的，抑或是假装无意识的？

即使我反对本书的出版，但还是理解你在此的计划。几篇独立存在的散文，涉及你曾作出努力的不同领域。你经由这些散文，忆起早期生活中令你小说定型的力量；生活中发生了什么，将之写出时又发生了什么，你随即反省这两者之间的关联——你的写作有时非常贴近生活，有时又风马牛不相及。你认为自己的写作由三种素材演变而来。首先是你的人生旅程，从威夸依克的犹太小圈子里走出去，进入广阔的美国社会。你父母一代对蜕变成美国人的任务总是迟疑观望的。你感受到自己与先辈的差异——对年轻的詹姆斯·琼斯[①]来说，这种差异不会成为其艺术演变的要素。你要面对从族群中脱颖而出的选择，从而养成了所有的自我意识；那种成为美国的一部分的感觉，又以各种方式融入你的个性。其次是与乔西动荡的纠缠不清，让你意识到自己内心的脆弱。第三是你对更广阔世界的回应，这只是我尽心尽力的推测而已。它始于你儿时对二战、大都会人寿、纽瓦克非犹太人的觉悟，高潮是纽约六十年代的动乱，尤其是对越战的强烈抗

① James Jones（1921—1977），美国小说家，其作品主要以二战为题材。

议。这本书似乎将读者带向你人生中这三股力量的交汇处，应运而生的就是《波特诺伊的怨诉》。你从一系列安全小圈子中突围而出——家庭、社区、兄弟会、巴克内尔——甚至摆脱了风姿绰约的盖尔·米尔曼的咒语，去探索“出走”的人生。你让我们知道出走到何处，但对驱使你的动机却保持缄默。你要么自己不清楚，要么没有我就说不出口。

你好像在脑海中已经核计好自己是何等人士，再予以展现。这很好，但身为抗争者的你，你的抗争在哪里？从莱斯利大街到罗格斯大学的纽瓦克学院，从巴克内尔大学到芝加哥，你放弃了宗教意义上的犹太身份，仅保留种族意义上的；你融入美国非犹太人的大范围，深感自己享有与他人一样的自由；你做到了这一切，也许都不算太难。这是二十世纪美国活力的经典故事——离开各式种族背景的家庭，经由学校变成新人。但我觉得，你还是没有坦陈一切。假如没有抗争，在我看来，那就不像是菲利普·罗斯，而几乎可以是任何一个人。

你开头的数章充满了可爱的温柔。但我觉得，这和解的语气让人半信半疑，缺乏实质，与你平时的所作所为大相径庭。我一度想到，这本书也许应叫作《再见放手的改邪归正》。我们能否相信，这里所描绘的温煦之家是《波特诺伊的怨诉》作者的家吗？它显得怪异，也缺乏逻辑；不过，创作又是无须遵守逻辑的。我能否坦率地告诉你，我并不喜欢你的序幕？这是一份低调、诚实、尊重的致敬，献给一位努力、认真、有主见的父亲——我怎能表示反对呢？你大大惊讶于自己对这位八十六岁老人的深情，差点潸然泪下；对此，我也毫无歧见。这是一出几乎人人都会遇到的家庭戏码。你父亲面对死亡的勇气和痛苦，软化了你的内心，让你打开心扉，从而激活你所有的记忆。该章的最后一段讲述了你对母亲动物性的爱，写得很美。你的犹太读者终于听到了三十年来一直想听的：你父母原来有一个孝顺的好儿子。你不再局限于描写唇枪舌剑的犹太人，改弦易辙，找到了非犹太人的反犹主义，并予以披露。这同样值得称道，完全可与你的孝顺自白并驾齐驱。

当然，这一切由来已久且相当明显，即使他们自己并不省悟。你把事实从想象中剥离，掏空其中潜在的戏剧性能量，这就是他们所需要的。但为何要抹杀为你服务多年的想象力？我知道，这样做需要了不起的自律，但何苦呢？更何况，剔除想象以寻找一篇小说的事实依据，往往是很多读者真正关心的。他们谈论事实，相比于谈论小说，觉得自己站在更为坚固的基础上，这又是为什么？个中的真相是：事实更加执拗、更难管理、更不确定，还会扼杀想象力所激发出来的探幽索隐。你的工作一直是糅合事实和想象，在此却背道而驰，反而将事实与想象分割开来。

你在替你的想象力剥皮，从你一生的工作中赶走想象力。即便是他们，也能理解剩下的东西。三十年前，“好”男孩被认为是坏的，从而获得变坏的巨大空间。现在同样的人读了开头部分，坏男孩又被认为是好的，你将会获得和蔼可亲的接纳。这也许比我更能说服你重新变坏，也应该会说服你的。

当然，你让本质上虚构的人物以狂躁的人格呈现在世人面前，无疑是在招惹世人对你的误解。有些人产生误解，不知道你到底是何等人士；依我看，你不需要为他们解疑释惑。恰恰相反——忽悠他们养成这些信念反而是你的成功，也是小说本来就该做的。在目前的情形下，你不比大多数人差。你知道，那些人常常在喃喃自语：“没人理解我或知道我的真正价值——没人懂得实质层面的我！”对小说家来说，这种困境是值得珍惜的。多年来叫你浪子回头的人士，现在转而爱护和原谅你，恰恰是你作为作家所忌讳的——如果有什么可中断作家的文学生涯，那就是他的天敌的慈爱宽恕。让他们继续不断地提醒自己的朋友不要读你的书吧——你以你的想象力向他们作出反击，千万不要给他们犹太会堂中好男孩的演讲，那已经晚了整整三十年。你小说（包括全美国的，不单是你的）的精髓是，想象总是在好男孩和坏男孩之间来回移动——激发启示的恰恰是紧张不安。

讲到被爱，看看你是如何开场的：母亲的海豹皮外套中一只袋生小动物。难怪你突然透露了希望获得大家爱护的秘密激情。顺便说一句，之后的母亲又在何处？你对母亲怀有难以置信的动物性的爱，在序幕一章中对此只有一句话的暗示；你只有依靠掩饰，才能将之披露出来。但除了那件海豹皮外套，你母亲好像是不存在的。当然，这件外套寓意深远——它阐述了你当时需要知道的有关你母亲的一切。但事实上，无论是你的人生，还是你父亲的人生，你母亲都没在其中展示其丰满的形象。你母亲的这个画面似乎在说："我不是我母亲的亚历山大，她也不是我的索菲·波特诺伊。"这也许是真的。在我眼中，这犹太版的弗罗伦斯·南丁格尔的精致形象，即使有很多遗漏，仍显得格外地引人注目。

我也不知道，你与你父亲的关系究竟如何。他在人世间崛起、跌倒，再次崛起，但书中只有你对纽瓦克、美国、巴克内尔的感受。在你内心和家庭中发生的东西，没在书中呈现出来，也不能在书中呈现出来，因为主角不是塔诺波尔、凯普什、波特诺伊、我，而是你自己。你在对你父母的少量评论中只有温柔、尊重、理解。这些美好的情感，一，我已不再相信；二，是你让我不再相信的。很多人不喜欢作为作家的你，就是因为你一直在诱使读者不要去相信它们。而现在，你自己却在公开拥抱它们。如果你愿意，可以安慰自己说这只不过是祖克曼的言辞；他受父母的排斥，已变得永久性地愤世嫉俗；如果你愿意，还可以从中得到慰藉。不过这改变不了我不是傻瓜且根本就相信你这一事实。你看，你家乡出产的艺术家大大少于牙医和会计师。我相信，你浪漫童年中有些东西，你是不会允许自己露出马脚的。没有它，本书的其余部分便变得毫无意义。我相信作为小说家的你，但不能以同样方式来相信作为传记作家的你。如我说过的，高雅、公民、孝顺的良知禁止你在此讲你最擅长讲的。你的手被绑在背后，所以只能尝试用脚趾来书写。

你把从小到巴克内尔大学（包括在内）的生活当作田园诗，不管是自己的心烦意乱，还是自己对阴暗、不羁、野性的探索，在书中要么缺席，要么仅有极少的披露。有人认为这只是祖克曼的幻觉，可以不予理会，但我不同意。你仅用一两句就打发了你的心理分析治疗，让我迷惑不解。难道你什么都忘了，或这个题材太令人尴尬了？我不说你是波特诺伊，就像我不说你是我，或我是卡诺夫斯基[①]。说实话吧，你和心理医生在七年当中到底谈了什么——仅仅是你们天真无邪犹太小男孩的球场情谊？事实上在序幕和前两章之后，我看到男主角就要变成律师、医生、郊区地产开发商——他曾有文学上的心血来潮、特立独行的乐趣、非

---

① 《被释放的祖克曼》中，祖克曼因其第四本小说《卡诺夫斯基》一举成名。

犹太人的波莉，现在终于可以安定下来，将与一户良好的犹太家庭联姻，赚钱，变富，再添三个小宝宝——你却有了乔西。因此，这里面肯定有遗漏，出现了很大的空白——将这些田园诗生活加在一起，并不能与“我梦想中的女孩”划上等号。你序幕的最后一段，抒情地勾勒出与母亲的肉体纽带。请告诉我，你是如何从母亲那里跑到乔西的身旁？如你所指出的，乔西不是碰巧发生的，而是你故意让她出现的。如果确是如此，那我想知道，是什么把你从你描绘的安逸、精彩、顺畅的童年，以及研讨课上与皮特和迪克的舒适辩论，带到乔西身旁的。你在纽瓦克和刘易斯堡的故事离悲剧还很遥远——仅在极短的时间内，你就深深陷入了病理上的悲惨境况。为什么？那个女人身上有“保持距离，请勿靠近”的标志，你与她发生了激情的邂逅，为何就此就忍辱含羞了？从你早期轻易的成功，经过巴克内尔和芝加哥的高潮，再到最终的收尾，这之间一定有自然的关联，在此却看不到。中间遗漏的，就是你的动机。

你在波莉处取得胜利，与内伦白克夫人打交道，讥讽《巴克内尔人》。然而从这些经历中，一点也感受不到你的强烈不满和另起炉灶。你仅简略地提及你的不快，甚至与自己父亲的冲突也只是一笔带过。但在你的小说中，有关委屈、批评、厌恶、讽刺、隔阂的诠释却那么强劲有力。我应该相信是哪个在装腔作势呢：你的小说，抑或本书？毫无疑问，你描绘的自己童年的生活细节在小说中仍一览无遗——良好教养的一面、和蔼可亲的一面、乖孩子的一面。但充溢本手稿的只有和蔼可亲，你在自传中似乎别无选择，只能记下和蔼可亲的一面。本书的形式向你发出信号，最明智的态度是抑制对个性中其他因素的自由探索。曾经是讽刺意味的造反，现在换成深厚的归属感。没有怨恨，只有感激，甚至献给疯狂的乔西，甚至献给被激怒的犹太人以及他们给自己留下的心灵创伤。你给自己不善交际的冲动加上枷锁，逃离小说创作的苛求，改在率直的回忆录中寻求庇护。当初促使你成为小说家的，就是那些冲动。当然，你也不是第一个如此做的小说家。让叶史瓦大学戴经文护符匣的听众所热血沸腾的，却不是你和蔼可亲的一面，这也是事实。你在小说中所发掘的东西，并不来自虚无，即使本书让人有如此的感受。你对独立和打破禁忌有急切的需求，而孕育这个需求的，就是你在发掘的东西；此外，促使你追求想象生活的，也是你在发掘的东西。我怀疑，你更接近那些冲动的自传，应该是你寓言式的《波特诺伊的怨诉》。

愤怒来自何处？你建议，愤怒的兴起是在乔西之后，先源于她疯狂破坏式的占有欲，后源于你在法庭上受到的惩罚。但我怀疑，假如你自己从来没有愤怒，乔西怎能进入你的生活？我可能弄错，但你必须提出证据来说服我，你很早就发现，你所知道的犹太经历，你所体验的中产阶级、婚姻、家庭、爱情绝不是淡而无味的——当然，你一定觉得盖尔·米尔曼也淡而无味，否则你根本就不会离弃那壮观的庄园。

顺便问一下，傲慢又在何处？这里所缺少的是他人见到你时的感受——你解释，从社会学的角度看，乔西很可能会爱上你；但你又秘而不宣，特别令她向往的到底又是什么。在我看来，你对自己的所作所为津津乐道，却以隐晦的方式谈及自己的品质，或干脆只字不提："我个性中喧嚣的一面……"多么克制，多么冷静，多么死气沉沉，绝对是英国式的。你讲自己是"理想的结婚对象"，为何不在你的自传中更加大言不惭？为何自传不能是自我中心的？你谈到面对的障碍、你的目标、遇到的挫折，但很少述及自己到底像什么。你不能或不愿以自然的方式介绍自己，除非戴上这种高雅的面具。你在详细解说如何回应乔西死讯时，并没有为了显得高姿态而遮遮盖盖。在我看来，你太一本正经了，以致不愿说出这些女子为何受你的吸引，至少你让人有如此的印象。很明显，假如你是正襟危坐、谦虚、举止高雅的人，就无法成为和盘托出的自传作家，也无法成为优秀的小说家。非常奇怪的是，你竟不懂这一点。也许你懂，但你作为自己的真诚和作为艺术家的真诚，两者之间仍有巨大的差异，所以无法付诸行动。我们得到的这个虚构的自传性投影，仅代表你的一部分。即使你在审阅时仅删减了不超过百分之一的文字，但这个百分之一才是最重要的——它留存在你的想象力中，可使一切改头换面。这并不是异乎寻常的，自传的背后总有另一个文本，如果你愿意，可以称之为付印文本的反文本。在所有的文学形式中，自传也许是最易受人操控的。

继续向前——你还年轻、精力充沛、聪明能干，当然会否认所看到的只是族群的一部分。你反叛族群，寻找个人，更在寻找自己的声音，以对抗族群的刻板声音或族群的自我定位。你必须树立自己的地位，以对抗你的前任，这样做很容易触及他们所谓的自我憎恨。我碰巧这样认为——不管那些抗议——你的自我憎恨确实存在，虽有自身的破坏性，却又是积极的力量。建立新的往往需要打破现存的，自我憎恨对年轻人颇有价值。难道他或她应该拥有——自我批准、自我满足、自我表扬吗？对拖社会后腿的规范表示憎恨并非一件坏事，尤其是坚持这些规范仅仅出于恐惧，而恐惧又源于敌人的淫威或绝大多数人的意志。你现在似乎亟想与族群达成和解，以至于不愿承认你当初虽认同犹太性却看不惯它的陈腐要求。一度打乱自己族群的平衡的浪子——很有可能为它注入更多的活力——到了落叶归根的年纪，兴起了回家的感伤冲动。这对你来说是否有点过早，你不是还很年轻，还不至于有如此充沛的伤感吗？至于你对米尔曼一家的评价，与你现在回忆的相比，我个人更愿相信你二十多岁写的《再见，哥伦布》。你现在想以不同的方式，重述一遍很久以前就已讲过的真相：你五十五岁，母亲已过世，父亲快九十岁。很明显，你想把早已不阻挠你自由精神的限制性社会加以理想化，替入住新泽西坟场或佛罗里达退休社区的老人伤感。他们不可能是你失望的来源，更遑论是你嘲讽式喜剧的对象，毕竟可怜的芭芭拉·罗默和《巴克内尔人》才是你的第一个靶子。

你五十五岁，甚至都记不得年轻时的绝望程度，绝望的对象就是他们的谈话方式和内容、思想和挂念、生活方式、所真心盼望的子女的生活方式，譬如你和盖尔的。你五十五岁，领教了所有的书籍和战斗，经受了三十六年生活和工作的迁徙和重塑，开始将出生地当作一个宁静、适宜、田园式的避难所，料定会成为其主人。但我怀疑，它更像是一个看守所；而“出走”才是你心爱的字眼，自从你能开口说话，就一直在挖掘隧道，意图将之付诸实现。

如果我没猜错，乔西就在隧道的另一端，宛如在逃亡汽车中等你的共犯。她所体现的一切，与犹太避难所的背道而驰，包括背信弃义——其中肯定有内在的诱惑。我略有不安，因为你展示的不是一个离家出走的机智逃犯，而是一个受害者：我一个无辜的犹太男孩和美国的爱国者，先是我母亲的宠儿，后成了马丁小姐心爱的学生，在天真烂漫的环境中长大，周围都是善良清白者，竟一头栽进了这个陷阱。仿佛你对自己阴谋策划的一切，浑浑噩噩，一概不知。

很有可能，你在自传中感到赤身裸体，又找不到代言人可以让你的自我展示无懈可击，遂无法轻易地把握自己的角色，尽管你大学毕业后遇事并没有表现得尽职尽责。乔西进入你的生活，你很快看到，这就像潘多拉的盒子——你一打开，什么都飞了出来。但你对这个女人的穷追不舍，又使我抵制这样的比喻。最初的调情很迷人，本来可以浅尝辄止，但你坚持不渝。你不愿弃她而去，就像你不愿放弃去叶史瓦大学演讲一样。你知道，如果去做演讲，就有可能遇上一场令人屈辱的恶战。但我要争辩，你其实需要那个恶战、那个攻击、那个刺激，也需要那个创伤、那个激怒、那个再生的挑衅。他们嘘你，朝你吹口哨，对你暴跳如雷——你恨之入骨，却因此而茁壮成长，因为拖累你的东西同时也在抚育你本人和你的才华。

你在乔西面前消极被动，因为你控制不了她。否则，整个事件将完全不同于你在此所展现的。你在她面前摆上你母亲诱人的番茄热汤，你才是那个真正的麻烦制造者。吊诡矜奇的是，你甚至可被视为无情的侵略者。你无视她破碎背景的潜在风险，实际上在纵容乔西的恣意妄为。如你所说的，即使最聪明的人也会非常幼稚。敏感的人一定清楚乔西意味着灾难，不一定从第一次谈话中知道，但认识三四周后肯定会明白这点；根据你在此的描绘，更是昭然若揭了。只有笨蛋才会看不到她的破坏性，而你肯定不是。有理由这么说，你是在故意引出她内心的每一种混乱。至少，你发挥的作用存有歧义，远远超过你所愿意承认的。即使你为自己执言，不受化装舞会的狡猾保护，不急于以随意叙述来压倒对自身脆弱的担忧，你还是无法承认，你的责任其实大大超过你所愿意忆起的。此外，你那种担忧在艺术上又可能是致命的。

假如你想要富有成效的回忆录，也许应写从乔西的角度来看的三万字奇文，而不是自己作传，譬如《我作为女人的一生》《我作为女人和那个男人一起的一生》。但我已听到了反对意见："她的见解吗？你难道还不明白，她根本就没有见解——她只是一个吸血鬼，她所拥有的只是獠牙！"是的，你把她当成狗娘养的。你情不自禁，你永远都会情不自禁，尤其是在为自己辩护的时候。我在此向你提出，可以把她看作另外一种人：不是在《当她是好女人的时候》中嫁给罗伊·巴萨特的露西·纳尔逊，而是嫁给你这个活生生对手的乔西。

你公正地指出，她是他们现在所谓酗酒者的成年子女，即受害者的受害者。她因此具有这类内心苦楚之人的主要特征，即无论如何一定要将自己的痛苦归咎于外在因素。你是酗酒父亲的孩子，首先责怪父亲；结婚后，又责怪丈夫。你有可能嫁给一个酒鬼，或你本身也变成一个酒鬼，我碰巧认为，乔西本人就是酒鬼。我觉得，与其说她是精神分裂症患者，倒不如说她是酒精中毒者。你是否想过这样的诊断？你说，你将她留在普林斯顿之后，她晚上会打电话给纽约的你，醉醺醺地指控你与女黑人上床。所以，她那时肯定是在喝酒——也许上瘾的进度一直缓慢。你还说她在一次拙劣的自杀企图中"既吸毒又醉酒"。你与她住在一起时，很可能在晚餐的前后喝酒——还记得她喝了多少？你全然关注自己的生活困境，对她的所作所为似乎仅有极少的关心。不过说句公道话，来自像你这样童年背景的人，又怎会懂得何为酗酒呢？酗酒者发作时会夸大自己不幸的同伴的负面特征——夸大其词，怨天尤人，很有破坏性，即那种自我毁灭的破坏性。从你的角度看，尿样的花招显得非常邪恶，从她的角度看，就算不得邪恶了。这你自己也清楚。人们沉迷酒精时，不但会说谎，而且分不清虚构与现实之间的区别。隐隐约约显得合理的东西，都可以变得异常真实。她坚信，自己是你最初几个小说的编辑；在她眼中，那不是谎言。她想，自己可能已怀孕，你该跟她结婚；虽然你不想跟她结婚，但她需要你娶她。因此，她想出的这个花招变成了你的珍珠港事件。她想象你会染指她的小女儿，因此而生出执着的嫉妒。我觉得，这也是整个场景的一部分。

是的，我确信她是酗酒者，她的精神紊乱系她父亲的遗传，又是生化性的。你茫然不知，是因为第一，你不知道何种人才算酒鬼；第二，她年轻健壮，喝酒时又在进食，所以进展缓慢。此外，你当时想通过陀思妥耶夫斯基的眼睛来看待她，并没有把她当作酗酒者的成年子女的候选人。最后，她当然在自暴自弃——像她这样的上瘾者总是输家，上瘾者最坏的担心永远成真，其间很长一段时间她仍然相信，只要她周围的人是好人，自己也能变成好人。我甚至想象，她其实很想成为一个好人。假如你爱她，假如子女与她同住，假如她父亲没那么差劲，假如你没那么差劲，假如外部条件发生了变化，她可能又是个好人！

我以前说过，她出现在你身边是你的策划，更是你逃亡汽车中的共犯。但这并不意味，我否认你也是一名受害者——受害者的受害者的受害者。我想你也患上此症，因为你与之相处太久，感染上了。与乔西结婚之前，你没有如此公开地愤愤不平，到如今，却变成一个全无遮掩、火冒三丈的人。你变得如此愤怒、沮丧，以至于需要去寻求心理治疗。这个愤怒的大爆发是你亏欠她的。所以，你得以塑造波特诺伊这个角色，与其说是林登·约翰逊的功劳，倒不如说是拜乔西所赐。

我在杜撰吗？我让你分享我的灵机一动——假如这可算作小说，与你的相比仍差得很远。听我说，什么都比“我的王八蛋前妻”之类的文字强——我根本无法阅读那一类货色。我暗示她是个酒鬼，当然不是想进一步贬低她的人品，也不是说你忽略她的上瘾，从而歪曲冤枉了这个女人。我只是说，二十年过去了，也许该以另一种方式来看待她。有关乔西的事件中仍有大量沉淀下来的愤慨，相关的许多微生物仍非常活跃。写这本书时的你和这些事情发生时的你，两者之间有时存在冷静的距离，有时又不存在。我一直觉得，本书在这一点上非常暧昧：你回头看二十四岁的自己，有时带着挖苦和嘲讽的眼光，有时又带着几乎不变的感受。也许，这就是大家回顾自己人生的态度，也是完全合情合理的。

无论如何，乔西的一切都与复仇相关吗？我怀疑，与你在此所描绘的相比，作为真人的乔西可能更坏，也可能更好。很明显，你有时欣赏她，特别是在初期——你自己暗示的——发现她颇具吸引力。但在别的时候，她的精神错乱变得如此可怕，以致你对自己陷入的灾难都找不到合适的描述。确切地说，我知道你在恐怖故事的结尾处尽量给出了慷慨的结论，称她为极端主义小说的老师。但我认为，这不是因为你真正相信，而是为了让人叹为观止——你说是为了更加有趣。我告诉你，这也恰好是真实的。我把你第一期的创造力归功于你离家出走成为乔学院，把你第二期的创造力归功于乔西。你今天的一切有赖于一个酗酒的女巫，下一次去叶史瓦大学跟听众这么说，你就别指望活着出来。

我最后觉得——我跟你不一样，将与她永远告别——你必须写出乔西的真名，在法律上没有理由阻止你使用她的真名，我觉得你在这一点上亏欠了她。你欠她，因为她也是一个角色；你欠她，不仅因为这是一件好事，而且因为这将使你的叙述更加强劲有力。

你可以给剩下的女子起各种名字。（我假设书中所有女子的名字均已改过——我不应如此假设吗？你的改名只是一个迹象，显示本书涉及有关你人品的争端。）你如何称呼她们，那无所谓；她们不重要，可以互换；她们可以是伴侣、充满魅力的女子、合作伙伴、红颜知己。事实上，这些女子所遭遇的是，你不仅掩饰她们的身份，而且掩饰了自己看透她们的能力。你在此这样做，在真实生活中也会这样做，或尝试着这样做。与她们相处时，你有时必须隐忍不发（像他人一样，你一定会因隐忍不发而恼怒）。与乔西相处时，你没有隐忍不发。应该写出乔西的真名，就是因为她在根本上可算是你的同侪。乔西自成一格，其他女子则与你有关。乔西是真正的敌手，真正的另一个自我，不应像其他女子一样被贬为寓言式的角色。像你一样，她是真实存在的——不管你隐瞒了多少关于自己的信息——而书中的他人都不是真实存在的。你让你的父母和哥哥使用真名——我假设，你童年和大学的朋友也以真名出现——关于他们，你闭口不言。因此，你与乔西打的这场原始仗，你要么与家人从没打过，要么在回忆时不愿再打，要么只通过代理人打，例如亚历山大·波特诺伊和我。

我说的原始仗是指生死存亡的搏斗。其他女子都明白，生存下来的只能是你；她们唤起、挑战、逼迫你的成熟，你奋发有为，轻而易举地应付这些挑战。你在乔西面前反而打退堂鼓，既无耻又危险。你通常与他人搞得火热，她却一直给你泼冷水。你挑上她们，与她们搞得火热，事后再离开她们；但乔西一而再、再而三地让你扫兴。她在驶离罗马的那辆雷诺小车中，甚至试图把你给杀了。然后，她死了。乔西的计划是成为破坏力的化身，以摧毁试图毁掉她的力量。她是这本书的女主角，不带丝毫的同情；但一旦与男主角和女主角有关，不管是这里还是那里，都看不到这一点。乔西是你在寻找的女主角，为你提供了令人难以置信的机会——你无须成为任何境况下的主导意识。她收留你，欺骗你，让你上当。你在精神上非常刁钻古怪，能听到自己所说一切的回响，敏感地意识到并善于衡量自己的影响力，最终竟然不再发号施令了。发号施令的现在改成她了。以她的真实名字来表彰完成此举的恶魔吧，她也是一名精神病患者。你原本不是一名好作家，以她为媒介赢得自由，再也不用扮演一个讨人喜欢、善于分析、喜好操纵的乖男孩。以她的真实姓名来奖励那个破坏力吧，她和愤怒的犹太人一起，敦促你呐喊着投入与镇压、抑制、屈辱、恐惧的战斗。狂热的安全感和狂热的不安全感——在你看来，这戏剧性的二元性体现在犹太人当中，乔西将它从身边的犹太人身上挖掘出来，并加以漂亮地利用。不管是你，还是其他犹太人，这既是戏剧的根基，也是疯狂的发轫。

你有自己的真名，她也该有她的真名，这才合情合理。

我不喜欢你对待梅的方式，不是说你在现实生活中如何待她，我对此没有兴趣，而是说你在此如何编排她这个角色。你完全失去了理智——来自纽瓦克贫穷的犹太平民对她印象深刻：她多么平静，看上去多像贵族；她身体的线条透露出坦率，甚至正直；她上城的公寓散发出上层阶级的气派。“梅在上城的公寓相当宽敞，布置舒适，全无这或那的装饰……清晰地反映出她所属阶层的传统品味……”她那个阶层的可怕品位，还有比新教盎格鲁-撒克逊白人上层阶级的品位更差的吗？精致？我猜想，你的背景比梅·阿尔德里奇的更为精致。你们在经济上捉襟见肘，受的教育不多，极其传统，但仍有尊严，肯定在你母亲身上有所体现。甚至在你父亲的老板来访而你们全家人都敬畏他时，你父亲仍保有尊严。你们缺少辅导，被剥夺了高雅文化，但绝不缺乏教养。我敢打赌，梅的背景中也全无高雅文化。她的家人肯定从没读过真正的书，也许上了好学校，但肯定没读过对的书，或者他们根本就不在乎。你留下如此深刻的印象，所以就对此视而不见了，是吗？当你留下深刻印象时，自然就——难道这就是一切吗？

我不相信。我读过你的《波特诺伊的怨诉》《我作为男人的一生》，以及你在此讲述的大都会人寿当年对犹太员工的歧视。我怀疑，她的阶级、背景、品味等不但没有让你印象深刻，而且引起了你强烈的反感。我敢打赌，当她显示她阶级和背景的习惯时，你作为你父亲的复仇者甚至会斥责她。但有关这一点，书中根本没有提及。开诚相见吧——你不喜欢梅的地方？既然离开了她，那一定会有许多。我不相信你只是在寻找自己的青春自由——你想摆脱她，一定有具体的好理由。那么，究竟是什么呢？她在感情破裂后从史密斯学院辍学回到克利夫兰的老家，难道就没留下什么你无法忍受的后遗症和副作用？她是美丽端庄还是抑郁寡欢，抑或这两者在她身上无法分离？在乔西的肆虐之后，她“温柔”的气质一开始就给你带来慰藉，同时又可能令你愤慨——因为这暗示了她的易受攻击和毫无戒备。你只在自己身上寻找终止恋情的唯一原因，颇有柔情侠骨的气概；但在自传中，侠义精神只是一种逃避和谎言。也许你对她仍然心存爱意，或喜欢保持如此的遐想；也许五十五岁的你又突然爱上了那个时代的生活。但她的理想化当时并没发生，不是吗？她的理想化却是这本自传所必需的。

你不想再有一个感情破裂的女子，这就是原因。当然，她没有乔西工薪阶层的刻薄和生硬。梅从容温和，抑制自己的情感，维持镇静的外表。请告诉我，让她上瘾的是什么？她在《我作为男人的一生》中的明显替身是苏珊·麦考尔，她像苏珊一样吃药上瘾吗？苏珊的嗜药如果不是单纯的事实，就代表了某种上瘾。每一种上瘾的主要担忧是害怕失去，害怕改变。上瘾者一直在寻找可依赖的他人，一直想依赖他人。你是完美的，从小就想成长为一个可靠人士。对心碎的人来说，不管是上瘾者还是无父者，或兼而有之者，可靠人士就是一块磁铁。她们会黏附上来，绝不放手。你是可靠的，不愿让自己的工作半途而废，特别是当你的可靠性仍在接受测试时——乔西决定采用极端的测试，如此极端，最终逼迫你娶了她。你变成了一副拐杖，为此而感到荣幸，赶去支撑她们，接二连三地，直到开始自问："我只是想当拐杖吗？"我现在记起《我作为男人的一生》中招致苏珊前来依附的那场持久战，本书有没有类似的东西？当然没有。你在此几乎没有认真探讨有关性的东西，似乎在展示你从来都没有为情欲所迫，这有点令人惊讶。

（顺便问一句，波莉——也是一名上瘾者吗？你提及的那些马提尼。我为了坚持自己的看法，觅得其中的规律，也许变得牵强附会了。你似乎为她勾勒出了精确的画像——实际上是你人生中首次邂逅的甜美女孩，但仍然没有父亲。唯一没有上瘾并且有强大父亲在场的是盖尔·米尔曼，一个来自新泽西郊区的犹太女孩。她是最性感的，如你所说的，最终闯出了冒险、挑衅、自信的职业生涯，成为全欧洲最讨人喜欢的外籍女子。她不需要你成为她的拐杖，从来都不需要，只要你成为她的性伙伴。所以你把她甩了，换了一个上瘾的乔西，请解释。）

即使我错了，梅根本不像我所建议的那样，你也没有为她绘出一幅妥善的肖像。你似乎没有心胸——胆魄、胆量——在自传中叙述你认为在小说中是绝对必要的。你本来可以很容易做到这一点，但你还是不愿在脚注中或捎带地提及："关于梅，我觉得不便多讲。她的名字已改，但还活着，我不想给予伤害，所以她的肖像有理想化的色彩。这不是虚假的肖像，只是完成一半的肖像。"你即使想到了这一点，也做不到。这个梅，如此地不堪一击，我在此这么一说，都有可能给她带来很大的伤害。你争取让这些受伤女子恢复到健康状态，结果都是枉然；那么，她们身上究竟是什么让你心动？她们太束手无策了，所以不敢拒绝你？但这又怎么会发生在你描绘的慈母身上？除非你把你母亲也理想化了，我们因此而获得另一个不完整人物的一半肖像。（除非每一个角色都是你编造出来的！）也许，照顾这些女子等于在照顾你自己，以便自己从战斗中恢复。你最终决定退出——例如梅的情形——就是因为你觉得暂时恢复了元气，可以从康复中退出。也许吸引你的，与其说是这些女子的依赖，倒不如说是她们的极端，即她们所处困境的高难度。我再说一遍：拖累你的东西同时也在抚育你的才华。一旦你放弃自传的伪装，让想象力来接管事实，就会发现一个接一个的奥秘。没错，保真其外、歪曲其中的方法并非你的专长——你太真实了，以至于无法蔑视全方位的披露，只有通过掩饰才能从“坦率”的虚假前提中找到你的自由。

即使你突然引进所谓的证人来佐证你的“事实”，也无法让我上当：弗雷德·罗森伯格写下了这些；米尔德里德·马丁记录了那些；夏洛特·毛雷尔还记得以下的；“波特诺伊爸爸”的长篇文章确认了如此这般的细节——好像摆出几个精心挑选但其实一文不值的证人，就能使我们相信其他的一切。

我不是说，这是一部传统意义上沾沾自喜的名人自传。你坐在乔西暴毙的现场，变成了温暖阳光下欢快的鳏夫；我也不是说，你通常会在他人自传中看到这种史前的原始场景。尽管如此，假如你只有罗斯，没有祖克曼，这就是你大体上所能获得的——对任何一位没有想象力的艺术家，你只能如此期待。假如你要无情的自我解剖和真正的自我对抗，一定要通过我这个中介。

你其实什么都知道，信的结尾你也什么都点明了。你解释：“这并不表示，我无须抗拒如此的冲动，即让不够戏剧化的东西戏剧化，让基本上简单的东西复杂化，让很少暗示的东西变得寓意深长——我如能硬下心肠，克服小说家的精神疲劳，还会联想到另一种诱惑，即一旦事实不引人注目，便索性抛弃这些事实。”

你抵制了自己的冲动，很好，但这样做的目的是什么？你在送交手稿之前最好慎重考虑，这个苦差事是否值得你的努力。顺便说一下，我如果是你（并非不可能），就会问自己：能写进祖克曼小说的那部分自己——包括那部分波莉、梅、父母、桑迪——我能否写进我的自传；不能写进祖克曼小说的，我又能否写进我的自传；不靠想象力这一灵丹妙药，真正令人羞耻的事实能否被承受，更遑论被参透。于是就有了神话和梦想中的生活，有了希腊戏剧和现代小说。

与你说再见之前，我要留下另一位读者即我妻子的评论——以及她夜深人静时的忧虑。整个晚上，她就坐在我给你写信的办公桌对面，全神贯注于你的手稿。你比其他任何人都清楚，玛丽亚·弗雷什菲尔德·祖克曼是一名英国无地绅士的黑发女儿，二十八岁，长得漂亮，在乡村长大，毕业于牛津大学，与我的身高相仿，比我小了十七岁，与你我的文化背景大相径庭。她跟前夫有一个四岁的女儿，名叫菲比，既甜美又宁静。她自己怀孕近八个月，怀的是我们的头胎，仍然非常顺从自己出身名门的母亲。她母亲住在格洛斯特郡的一个村庄，迄今与我打交道时仍采用严谨的委婉策略，对犹太主义并无一丝一毫的偏爱。弗雷什菲尔德夫人对犹太人的普遍厌恶——关于这点，玛丽亚那善妒、情绪化的姐姐萨拉是个十足的缺心眼儿——在我来到此地的早期，曾是玛丽亚和我之间灾难性误解的肇因。我从那时起就下定决心，只要她们不在我的面前放纵自己，我就对她母亲的偏见和她姐姐的愤慨视而不见，不予理会。假如弗雷什菲尔德夫人在她查德莱村庄的邻居中间哀叹我的“地中海”长相——那是她在我们婚礼几个月前看到我照片时的反应——我也会事不关己，高高挂起。

至于我的胡子，我留它的目的并非想让自己显得更像犹太人，如玛丽亚所争辩的那样。首先，我在三个月前放弃剃须时并不清楚，自己的外表将会酷似一个拉比。假如真要找出一个理由，这看似无关紧要的留须决定，似乎与四十五岁的我即将成为父亲有关。我第四次结婚，放弃在纽约的公寓，买下（并大规模重建）这栋泰晤士河旁的伦敦大房子，在玛丽亚的典型英式生活中，权作外籍人士安顿下来——我相信，这一切象征性地表明，我是正在经历巨大蜕变的中年男子。

今早从浴室出来，仍然胡子拉碴，玛丽亚说：“你还是不愿让它消失。”“什么消失？”“身处异邦的祖克曼。”“就我而言，它已经消失了。”“你怎可躲在那可怕东西的背后自欺欺人呢？你这是在制造刺激，不是吗？”“我才不愿刺激他人，破坏自己美好的新生活。另一方面，假如刺激当地人仅需要我一张留须的脸……”“当地人才不在乎呢，你是在刺激你自己，所以我才害怕。再经历一次那样的麻烦，肯定是于事无补的。”我向她保证，不会再遇上同样的麻烦。我说：“这只是一种无害的装饰，没有任何弦外之音。”

我想这就是你手稿抵达前的情形，我当天读了两遍，玛丽亚在一个半小时前刚刚读完。自那时起，她独自一人躺在床上，心潮起伏，不能自已。此外，她在晚餐时的唯一挂虑是当天下午的理发。她告诉我：“他总是剪错地方，例如，这边为何这么短？”我建议她换一个理发师，但她是通情达理、不存幻想的实用主义者，柔韧顺从，不喜抱怨，回答说：“嗯，他剪了三次，两次都不错。”她只是对我们上周新雇的保姆稍感到不安。她告诉我，你有了新保姆，也就有了潜在的恐惧，她可能是一名精神病患者，也可能喜欢虐待儿童。玛丽亚还说：“为了让她开心，我答应为她买一台新式干衣机。你必须这样做，你知道——保姆必须要有新式干衣机和国外度假，否则就会以为自己找错了人家。”

这就是她发愁的范围，大多是故意装出来的。她很乐意合作，在战略上温和委婉，遇上危机时镇定自若。我们和往常一样愉快地享用了晚餐。

然后她读了你的书，至少抬了十五次头，告诉我她的读后感。我相信她实事求是的评论，跟她对人的评论非常相似。她的评论样本就在下面，其高潮就是她赶回卧室之前跟我说的满腹忧虑，现让我来向你汇报我俩的吁求。

1. 她一下就找到了症结所在（为她自己），看你的手稿仅几分钟之后就说："嗯，他仍在写犹太人的东西，这不是一个好兆头，是吗?"我告诉她："对我们来说，无论写什么都与我们无关。"她看上去并不信服，但没再说什么。玛丽亚不喜欢重复自己说过的话，我们第一次见面时，她就指出我有这个习惯。她问我："你为何每句话都要说两遍?""我吗?""是的，你希望有人做什么，总是要说上两遍。很明显，你习惯于被人忽视。"我回答："嗯，我的生活并不全然没有挣扎。""嗯，我甚至一次都懒得说。"我说："我好奇这是否与我们的出身不同有关。"她说："有时你能想到的就是这些差异……"

2. 她谈到你的时候说："总是回到他的童年。我受够了我的童年，谢天谢地，它再也没有了。"

3. 一小时后，她再次抬起头来说："当然会有这么一天，连他自己也会觉得自己的人生故事太无聊了。”

4. 我正在打字——这封信的草稿——突然意识到她正盯着我看。你手稿的一半在她膝盖上，另一半散落在她椅子周围的地板上。我问：“怎么了？”她说：“嗯，我不明白为何作家不该自恋。在我看来，它是人们带到自己工作中的性格缺陷之一。”我说：“还有痴迷。”她回答：“是的，这是真正麻烦的起源。”我着迷地思忖：她又想起了我的胡子。

5. 玛丽亚对你的克星兼大敌的评论：“这并不令我吃惊，他二十五岁时根本无法与她抗衡，她有太多的雄心壮志。他不知道如何对抗它们，这看起来一点也不奇怪。文明的人与不文明的人打交道时总是身不由己，反倒做起了负心违愿的事，因为人心是非常脆弱的。我知道，你不喜欢就不要去做，虽是一句辩解的空话，却也考虑到人心怯弱、偶尔默许的事实。我怕自己成了这方面的权威，他也许不愿在此承认，但我认为，这个婚姻归根结底还得归罪于——他自己的软弱。”

6. “太不寻常了。如他所解释的，这些力量在诱惑他放弃自由，他于是奋起反抗，这就是整个事件的来龙去脉。保住他的自由，又撒手放弃，再将之夺回——只有一个美国人才会把自己的自由命运当作人生中反复出现的主题。”

7. 关于随机性。“随机性是没有的，发生在他身上的一切都有原因。他说的在人生中遇到的，到头来都变成了对他有用的。似乎是破坏和毒害的无谓东西，看起来是浪费、骇人听闻、捣乱的东西，结果都成了《波特诺伊的怨诉》的素材。随着每个人进入他的生活，你开始思索：‘这个人的价值何在？在小说中将提供何种角色？’好吧，这也许就是作家人生和普通人生之间的差异。”我说：“唯有题材才是他作为作家的定型的经验，而随机性不是题材——那是《尤利西斯》。”“是的，据他所知，这里的事实仅仅与作为作家的他有关。此外，应该还有许多其他事实，即那些兜兜转转、不连贯、不重要的东西。这是一篇精彩但无情的连贯叙述，仅此而已。其中最不连贯的人物是乔西，必须依赖他的重新塑造。我想说的是，像他这样的传主不愿写入的东西，我才会大感兴趣，即那些理所当然的东西。譬如，你的开销多大，你在吃什么，从你的窗口能看到什么，你去哪里散步，至少还应有西塞罗所谓的阳否阴述。你知道，‘我不打算谈论这个，所以就谈论那个’，最终以谈论那个的方式谈论了这个。”我问她：“它叫什么来着？”“阳否阴述，一种拉丁语修辞法。‘让我们不要谈及罗马帝国的财富，让我们不要谈及它威武的入侵军队，等等’，说是不去说，实际却说了不少。这是一种修辞手段，你借此提及了号称不会提及的东西。我想知道，发生在他身上的事，有没有他无法理解的？因为发生在我身上的事，其中百分之九十九我都弄不明白。也许是因为我没有将之写下，没有予以认真考虑，没有每天拷问自己：‘好吧，这到底意味着什么？’他让一切都有寓意，而我在生活中根本就不信这一套。心智并不像我们以为的那样掌控着我们的生活，至少对于我是如此，我打赌于他也是这样。我并不是指，他在展示骗人的形象，从而使自己看起来很棒。因为就整体而言，对我来说，其效果恰恰相反。在我眼中，他显得心胸狭窄，深受功利的驱使，我的上帝呀，那么枯燥无味。他肯定对幸福不感兴趣，这是有目共睹的。我认为，假如他的总格局中没有意义重大的东西，他会无聊得发疯，或变得惊恐万状。对我来说，他看起来有点像旧时的你。”“在我认识英国的随机性之前。”“是的，”她说，“你当时还没意识到，这里的一切无须获得理解和利用，因为这就是生活，足以让人惊讶。客观存在并不总是在呼吁小说家的干预，有时仅要求人们去亲身体验。”

8. 最后是你对男人和女人的引申理解。玛丽亚告诉我：“我有时认为，男人对女人有一种根本上的神经错乱，其实是一种怀疑，我不会为此打赌，但我认为——请原谅这句评语的幼稚性——通过阅读各种书籍和个人经验，我感觉男人都有点怕女人，所以才有如此的行径。当然有大批男人不怕个别女人，还有不少男人不怕任何女人。但我自己的经验告诉我，他们中大多数是怕女人的。”我问她：“你认为女人怕男人吗?”她回答：“不，不是以同样的方式。你知道，我实际上怕与人相处，但却并不特别怕男人。”我说：“嗯，也许你说得对，只是‘怕’字有点过重。”玛丽亚说:“那么改作不信任吧。”

等她读完，我问了你信上的问题：应予付梓吗？她说:“如果想要，有何不可?”我说:“很简单，唯一能对他人生作出评论的是他自己的想象力。本书的形式所产生的抑制作用实在太大，其中的自我审查随处可见，没有说出自身经历的真相。他戴上了菲利普的面具，无法做到这一点，变得太和蔼可亲了。他变成了以小脸爱抚妈妈海豹皮外套的小男孩，难怪以此作为本书的开头。”“我作为小说家的妻子，很可能会成为我丈夫的题材，但我不会将和蔼可亲与纳粹主义相提并论。”我说:“那只是露天开采，并没有太深的挖掘。尽管他掌控自己的防卫，这本书从根本上说仍是防御性的。把这封信列在书尾是自卫的巧计，可以左右逢源。我甚至都不清楚，他设计的稻草人到底是我们中哪一位。我最初认为是给我来信的他——现在觉得像是写回信的我。当运筹帷幄本身就是信息时，我知道说自己不相信他是无关紧要的，但我就是不相信他。当然，他非常小心地选择了所有软肋，然后再予以自由的畅诉。”玛丽亚说：“好吧，记在心上。他也许会用之于你。”“不会的，促使他挑剔的绝对是自身利益。不管是他的斟酌，还是他的耻辱，都没有渗透他对我的描绘。他在那里是真正自由的。他对待梅和自己，温柔敦厚，沉默寡言；但永远不会以同样方式对待你和我。那个人类学上矛盾的浪漫邂逅几乎是毫无痛楚的，至少他是这么说的。梅的反犹母亲在哪儿？假如她确实存在，只是远在克利夫兰的台下，全无打扰。梅的反犹姐姐在哪儿？根本就不存在。”再也无法抑制自己焦灼的玛丽亚说：“而我的姐姐几乎就在隔壁！晚上几乎与我们一起上床！求你了，我们能否只在理论上探讨文学？”“我们确是如此，我只是想指出我们为何比他们更为有趣。”“但我不希望自己有趣！只想与无趣的东西独处。譬如，抚养一个孩子，不忽视衰老的父母，保住自己的理智。没有趣味并不重要，这就是生活的全部。我承认，永远只能从生活中获得打折扣的快乐。然而，他对犹太人的执迷还要让我们苦恼多久！我不会让他再一次酿成大麻烦！每当唱针在他该死的犹太唱片上移动时，我既不能乱跳，也不会乱跳！特别是，你和我之间没有一盎司的敌意，我们相处得又这么融洽——直到他再次启动的节外生枝！我们曾因我母亲而发生争吵，但在之后的数月中，一切似乎获得了妥善安排，那是一段安静相爱的温馨时光。在这个问题上发生争吵，究竟能达到什么目的？除了他，还有谁在乎？我想，你的新年决议就是再也不为这种小事大惊小怪了。然后是这胡子！哦，内森，你真的认为留胡子是个好主意？没人要你解释，然而，你似乎总是觉得需要解释——你存在的权利，以及你在此的权利，但没人想从你那里得到这一类的担保。这些都是——说了之后，请你不要生气——你纯粹犹太人的感受；坦率地说，没有他，我相信你就不会有这种感受。我不知道——如果去见精神科医生之类的人，谈论这个犹太人的感受，你认为会有裨益吗？我为了读这本书花了一晚上时间——我知道会有麻烦，现在感到自己如此地孤立无助！”

她现在独自一人，惶恐不安地躺在漆黑的卧室里；你执迷于传记，而我们除了你规定的轨迹，永远都别无选择。有些作家天真地认为，他们笔下的人物会在适当时机前来“接管”，主动讲出自己的故事；而我们以及我们的孩子，将永远都没有这样的好运。她现在说的是：“哦，基督啊，他又来了——他将害死我们！”

玛丽亚说得对吗？将会发生什么呢？我为何在她的英国蓄上这钢丝刷一般的花白短须？开始无关紧要，现在却酿成了苦果，不管有多可笑，它会让我们再一次动荡不定吗？由你这样如此嗜好急剧动荡的人来决定我家庭的未来，我们和谐的知足心态能持久吗？你在本书的最初数页中，比以往更关注生活中非犹太人和犹太人之间的鸿沟；你又以拉比的名义让我蓄胡子；我们能否确信这胡子无关痛痒？你到中年发现了欲与自己族群和解的激情，我的第四次婚姻必须因此而破裂吗？你对犹太困境的无情评判，为何要成为我们肩上的十字架！

我们是谁？为何出现？你的自传并没告诉我们，你生活中发生了什么才让我们从你脑海中浮现，你对此没有提供只言片语。我还意识到，这里讨论的话题涉及你作为作家的应运而生；从我的角度来看，如能知道之后又发生了什么，促使你创造了我和玛丽亚，才会更有趣。有关我们的小说与你现在的真实性传记之间又有何关系？我们只好尽一切可能自作猜测。我被流放到这座伦敦的房子里，我妻子不愿她平静的生活受到干扰，我在此地算是在做什么呢？我生来能有多少个太平时辰？她的发型、保姆、干衣机——我曾梦寐以求的紧张有序的家庭生活，我又能承担多久？她确实让我有一个“美丽”存在，这是我人生的第一次，以安静、文明、愉快的方式享受宁静平和的生活，她在这方面是专家。但我和我的工作怎么办呢？你是否在暗示，假如没有争吵、愤怒、矛盾、残忍，生活就会变得极其无聊？如要造就一名作家，除了狂热的痴迷，除了在烛光晚餐上边喝葡萄酒边谈保姆和发型，就别无他法？胡子是否代表一种抗议，以反对这一切——随机性——的苍白无力？假设这个抗议吊诡地演变成了惊天动地的冲突，又将如何？我会很惨！

好吧，情况就是这样；或者，不是这样。期望以最激情的吁求来修改早先设好的想象途径，我知道，这个想法很荒谬，但还是要保留这一情绪的迸发。我同样也不会改变自己早先的争辩——把我留下，方能为你自我对抗的才华提供最佳的服务——不管这个争辩，如果对你有说服力，在多大程度上确保了我们最担心的事情的发生。希望得到考虑以充任文学角色的人，决不能指望作家会答应他或她所要求的特殊待遇。让一个棘手的冲突获得难以置信的解决，所损害的既是我的诚信，也是你的诚信。可以肯定的是，像你这样自觉的作家必须质疑：一个为自己生存陷入冗长斗争的角色，是否因作家一个神经质的惯性操作而在事实上成了恣意妄为的受害者。我明天早上刮胡子时，唯求你记住这一点。

你亲切的，

祖克曼

附记：对你的几近崩溃，我至今什么都还没说。我听说，在一九八七年的春天，原来的一个小手术演变成了一场持久的体力考验，遂又引发极度的抑郁，在情绪和精神上将你推到崩溃的边缘，这让我伤心极了。我也乐意承认，我为自己和玛丽亚的未来感到的忧伤，一点也不少于为你感到的忧伤。现在还是如此吗？

我以八千左右精心挑选的字眼，详尽地争辩了自己存在的必要性，却似乎只是确保了新一轮的真正苦恼！但还有什么其他选择呢？

图书在版编目(CIP)数据

事实：一个小说家的自传 /(美) 菲利普·罗斯(Philip Roth)著；
毛俊杰译. —上海：上海译文出版社，2019.11(2021.3 重印)
(菲利普·罗斯全集)
书名原文：The Facts：A Novelist's Autobiography
ISBN 978-7-5327-8265-9

Ⅰ.①事… Ⅱ.①菲… ②毛… Ⅲ.①长篇小说—美国
—现代 Ⅳ.①I712.45

中国版本图书馆 CIP 数据核字(2019)第 251320 号

图字：09-2018-727 号

事实：一个小说家的自传
[美] 菲利普·罗斯 著 毛俊杰 译
出版统筹/赵武平 责任编辑/王 源 装帧设计/COMPUS·汐和

上海译文出版社有限公司出版、发行
网址：www.yiwen.com.cn
200001 上海福建中路 193 号
杭州宏雅印刷有限公司印刷

开本 890×1240 1/32 印张 7 插页 5 字数 107,000
2019 年 12 月第 1 版 2021 年 3 月第 2 次印刷
印数：5,001—7,000 册

ISBN 978-7-5327-8265-9/I·5067
定价：60.00 元